CLAIRE HÉBERT,

HISTOIRE

D'UNE CAPTIVITÉ,

PAR

ALEXANDRE BRONIKOWSKI,

TRADUITE

PAR A. LOÈVE-VEIMARS,

TRADUCTEUR DES ROMANS

DE ZSCHOKKE ET DE VANDERVELDE.

TOME TROISIÈME.

PARIS,

URBAIN CANEL, LIBRAIRE-ÉDITEUR,

RUE DES FOSSÉS-MONTMARTRE, N° 3.

1828.

CLAIRE HÉBERT.

(Der Gallische Kerker.)

(Dresde. — 1826.)

III.

I

CLAIRE HÉBERT.

CHAPITRE XXIV.

La Prison de Cisteron.

La ville de Cisteron est située sur
les bords de la Durance, non loin
des frontières du Dauphiné. Elle est
placée au penchant d'une montagne
de forme pyramidale dans les sinuo-

sés de laquelle s'élèvent les petites
et noires maisons de la ville, dont
l'assemblage forme des rues étroites et
inégales. Au pied de la montagne, les
anciens et les nouveaux éboulemens
ont formé des gouffres dont les pans
laissent à découvert des flancs de
roches que ne cache de distance en
distance qu'une faible végétation.
Entre ces abymes, passe un seul chemin étroit qui s'élève de la plaine
jusqu'à la ville. Loin et au-dessus de
Cisteron, sur la plate-forme de la
montagne, on découvre la citadelle,
ouvrage de l'enfance de l'art des for-
tifications, mais qui plus tard a été
munie de doubles remparts et de
bastions triangulaires. Ses tours se
montraient déjà à demi ruinées, et la
main du temps avait frappé cet édifice où résidaient au temps jadis les
comtes de Provence. Immédiatement

derrière le château, s'élevait jusqu'aux nues une masse de rochers
telle que lorsqu'on se penchait de ce
lieu sur l'immense profondeur qu'elle
domine, on apercevait à peine les
personnes qui passaient de temps en
temps dans les cours retirées du château qui se trouvent au-dessous. Un
escalier grossier, taillé dans le granit
en forme de colimaçon, conduisait par
des marches irrégulières, à ce pic inhospitalier sur lequel repose au sein
des nuages, dans un silence éternel,
loin de toute végétation, une petite
maison de pierre d'une antiquité re-
culée, et qui fut jadis un temple des
Gaulois. Cette habitation ne renfer-
mait qu'une petite chambre où la lumière du jour pénétrait avec les
aquilons des montagnes, par deux
petites meurtrières garnies de barreaux de fer. L'ouverture supérieure

de la cheminée était également gar-
nie d'une grille de même métal. Un
petit autel, une table, cinq ou six
chaises et deux lits de camp compo-
saient l'ameublement de cette chambre destinée par le cardinal de Richelieu à Jean Casimir Wasa (1). Puticelli
et Sylvain qu'on lui avait donné pour
l'accompagner avec ses autres gardiens, avaient été conduits au château
près du seigneur de Chantereine, et
amenés delà à cette prison plus digne
d'un criminel réservé à la peine capitale, que d'un fils de roi et d'un prélat, revêtu du caractère sacré d'ambassadeur.

(1) La description de Cisteron et du cachot du prince sont d'une exactitude extrême, comme en général tous les détails de
ce roman, tracé d'après des relations histo-
riques polonaises, par l'auteur qui a habité
les lieux qu'il décrit.

En entrant dans la prison les nouveaux venus trouvèrent le prince debout sur une chaise qu'il avait portée près de la fenêtre, et s'élevant sur la pointe de ses pieds pour contempler le ciel nébuleux, sans faire attention au vent d'orage qui chassait sur ses joues pâles, les longs anneaux de sa chevelure. Dans un coin de la chambre, l'abbé Konopacki, assis sur le bord de son lit, la tête appuyée sur sa main, semblait rêver devant un livre ouvert sur ses genoux. Le cuisinier du prince, aidé du petit Guy, s'occupait à préparer la table pour le dîner.

Il leur fut difficile de cacher l'émotion que leur fit éprouver la vue de leur auguste maître, dans ce misérable cachot. Samuel Opacki qui n'avait pas vu le prince depuis un an,

voyant cette longue figure pâle, qui
s'élevait avec peine vers la lumière
pour respirer l'air du ciel, fut obligé
de se détourner pour ne pas trahir
son secret par les larmes qui s'échap-
paient de ses yeux. L'Italien fit un
mouvement d'effroi et jeta un regard
qui exprimait le reproche le plus
amer au seigneur de Chantereine.
Tous les yeux se détournèrent avec
embarras ; le seul Sylvain parut insen-
sible et regarda ses compagnons en
souriant d'un air moqueur. Au bruit
que firent les arrivans, le prince se
retourna et descendit de sa chaise.
L'abbé se releva aussi avec vivacité, et reconnaissant Puticelli, il
courut l'embrasser ; mais celui-ci
s'avançant avec impétuosité, alla se
jeter aux genoux de Jean Casimir,
couvrit sa main de baisers, et lorsque le prince le fit relever, quelque

chose de semblable à une larme, brilla dans les yeux du vieux diplomate.

— Soyez le bien venu, Lionardo Puticelli! dit le prince d'une voix basse, et posant sa main sur l'épaule de l'envoyé: soyez le bien venu dans ma prison. Votre apparition ici est une consolation pour moi dans mes afflictions, et cependant le prince de Pologne a presque honte de vous donner audience dans cette chambre misérable, au milieu de ces murs dépouillés. Mais je le répète, vous êtes le bien venu. Regardez autour de vous, maître Lionardo, voyez le palais qu'habite le fils de Sigismond, le frère de Wladyslaw, et dites au roi ce que vous avez vu. Dites-lui que je suis enseveli vivant ici, dans les plus belles années de ma vie, et que

presque suspendu dans les nuages,
la vue du ciel est même interdite à
mes yeux par ces barreaux et la
dureté de mes gardiens. Voyez, ces
fenêtres manquent de vitres, et le
vent des montagnes fait trembler
mes membres affaiblis : c'est là que
moi et le comte Alexandre nous pas-
sons nos jours ; ces quatre murs
renferment toute la sphère de notre
vie. —Dois-je parler d'autres injures,
dit-il, en voyant que Puticelli ému
de pitié gardait le silence : dois-je
vous dire qu'on a osé porter la main
sur mon épée ?— Rarement je reçois
des nouvelles de ma patrie ; et les
lettres que j'écris à mon royal frère,
sont sans doute interceptées ; dites-
lui donc ce que vous avez vu et entendu. Basio m'écrit que je ne puis
espérer ma délivrance, avant qu'une
embassade ne vienne de Varsovie à

la cour de Saint-Germain. Je sais combien il doit en coûter au roi de céder à l'orgueil d'un prêtre insolent; mais dites-lui, Lionardo, que s'il a compassion de son frère dont la vie s'éteint dans la captivité, il accède à cette demande, autant toutefois qu'elle ne sera pas contraire à l'honneur de la république de Pologne.

Le vieux diplomate répondit en tremblant au prince que ses ordres seraient remplis.

— L'heure de notre repas approche. Vous serez mon hôte, Puticelli! dit le prince en reprenant quelque sérénité. — Vous aussi, capitaine Chantereine; si vous ne craignez pas de vous asseoir à la table de votre prisonnier.

On prit place. Le prince fidèle à
l'hospitalité Sarmate ordonna de préparer une table sous le vestibule de
la petite maison, pour les deux gardiens de maître Lionardo. L'entretien à la table du prince, fut peu
animé. On fut aussi silencieux sous
le vestibule. Claude Sylvain mangea
peu et donna beaucoup de soin à faire
le moins de bruit possible avec les ver-
res et les plats, afin de ne pas perdre
un mot de ce qui se disait dans l'intérieur de la maison. Son compagnon
de table qui avait pris place en face
de lui, le visage tourné vers la porte
ouverte, semblait avoir entièrement
oublié son repoussant camarade, et
tenait constamment ses regards fixés
sur le prince qui faisait avec grâce et
bonté les honneurs de son modeste
repas. Samuel remarqua que le petit
Guy qui se tenait debout derrière

son maître, le regardait souvent d'un
air d'inquiétude ; il saisit un moment
où Sylvain se détournait pour lui
sourire en signe d'intelligence auquel
le page lui répondit en mettant un
doigt sur sa bouche. Le capitaine se
montra poli contre sa coutume, et
répéta plusieurs fois que le prince
n'avait pas de serviteur plus dévoué
que lui ; et il poussa même la complaisance jusqu'à s'éloigner après le
repas, en ordonnant à Sylvain de le
suivre. Un regard qu'il jeta en passant sur l'anspéçade, lui indiqua
de ne pas quitter son poste et d'a-
voir les yeux sur ce qui se passerait
dans la prison.

Lorsque le capitaine se fut éloigné,
le prince fit un profond soupir comme
un homme débarrassé d'un grand far-
deau, prit un verre et dit à ses ser-

viteurs, dans sa langue natale : maintenant que je suis seul avec vous, mes amis, je vous prie M. l'abbé de Wonchocy et vous maître Puticelli, de me rendre raison de ce verre que je bois à notre auguste république et à la sérénissime Seigneurie de Gênes

— Je ous rends grâce au nom de mes comp atriotes, répondit Konopacki, et je bois à la gloire de l'illustre maison de Wasa !

— Et moi, dit Puticelli, j'oserai vider cette coupe en l'honneur de Leurs Majestés le roi Wladislaw et la reine Cécile d'Autriche, comme aussi à Leurs Altesses Royales le prince Carle Sigismond, leur fils, l'évêque de Breslau et de Plock leur frère, aux princesses Anne et Constance, et enfin à Son Altesse le prince Jean Casimir devant qui j'ai l'honneur d'être ?

— Je vous remercie au nom de tous, je vous remercie en mon nom, Puticelli ! dit le prince.

— J'ai été jugé digne de présenter mes hommages à Leurs Majestés, dit l'Italien, et leur repos n'est troublé que par l'idée de la captivité de leur illustre parent ; toutefois ils espèrent ainsi que les sénateurs et les états de la couronne et du grand duché, que Dieu nous aidera à tirer Votre Altesse de ce désert, pour la ramener au milieu des siens.

— Oui, c'est bien un désert, dit Jean Casimir en jetant un regard autour de lui. Je suis loin, bien loin de

tous mes amis, et Dieu seul sait si je
les reverrai !

— Mais il reste à Votre Altesse
encore quelques consolations, dit
l'Italien. Elle n'est pas entièrement
séparée de tous ses serviteurs ! répondit l'Italien.

— Sans doute ! dit le prince, tant
que le comte Alexandre me restera,
je ne dois pas me plaindre. A ces mots,
il tendit la main à l'abbé par-dessus
la table.

— Outre le vénérable comte, je
connais encore quelqu'un qui mérite
le nom de serviteur fidèle. Si Votre
Altesse, dit Puticelli d'une voix plus
basse en jetant un regard de défiance
sur le page, si Votre Altesse daigne
tourner ses regards vers la porte, elle

apercevra quelqu'un qui mérite aussi ce nom.

— Je ne vois personne que le sergent de garde qui est sans doute resté là pour écouter ce que nous disons; mais qui aura, je pense, quelque peine à comprendre notre langue polonaise, dit le prince.

— Pardonnez-moi, Monseigneur, reprit Puticelli. Je crois qu'il connait cette langue mieux que moi, ce qui du reste n'est pas beaucoup dire. Demandez à lui-même. N'est-ce pas, seigneur Opacki?

— Opacki! s'écria le prince en se levant avec vivacité de son siège. Au même instant, Samuel tombait aux genoux de son maître qui se baissa vers lui avec attendrissement. Le petit page se mit à genoux auprès de lui

en pleurant; l'abbé étendit le bras
au-dessus de la tête du brave écuyer
pour le bénir, et Puticelli se frotta
les mains avec satisfaction, en con-
templant ce groupe.

Jean Casimir et ses compatriotes,
profitèrent de la liberté que leur laissait l'absence du seigneur de Chantereine pour se confier tout ce qu'ils
avaient à se dire. Samuel Opacki
rendit compte à son maître de ce
qui s'était passé, et lorsqu'il parla
d'Hortense de Valois, les yeux du
petit page se fixèrent sur lui avec une
expression si singulière, qu'il omit
tout ce qui avait trait à la comtesse,
laissant ainsi une lacune dans son récit. Puticelli prit ensuite la parole et
rendit compte au prince des négociations des républiques Italiennes,
ajoutant que Paul Marie Farnèse, duc

de Parme était sur le point de se rendre à Paris pour appuyer les réclamations de son envoyé. — Je ne puis, il est vrai, dit Puticelli en terminant son discours; je ne puis dire à votre royal frère que je vous ai quitté dans un palais, mais je laisse Votre Altesse entourée de serviteurs fidèles et d'amis actifs, et l'espoir ne doit pas l'abandonner.

Le capitaine Chantereine ne tarda pas à revenir en annonçant que le jour était à sa fin, et qu'il était temps de se séparer. Jean Casimir tendit la main à Puticelli qui la porta à ses lèvres, et le chargea d'une voix altérée de complimens pour sa famille et ses concitoyens, puis il se détourna et lui fit signe de s'éloigner.

Les quatre personnages qui avaient

visité le prince descendirent alors le
long des degrés du rocher jusqu'au
château. Le capitaine conservait encore la bonne humeur qu'on avait
remarquée en lui tout le jour, il
vanta la complaisance qu'il avait eue
de s'éloigner, et assura qu'il ferait
tous ses efforts pour adoucir la captivité du prince, bien qu'il eût reçu
du cardinal les ordres les plus ri-
goureux.

— Vous faites bien, messire de
Chantereine, répondit Puticelli. C'est
une louable résolution, car l'expérience de tous les temps nous enseigne que
c'est une fâcheuse affaire que d'être
l'instrument des inimitiés d'un homme puissant : les altercations des
grands de la terre, M. le capitaine,
sont comme les discordes entre les
époux ; après un jour de querelles

et de disputes, on se raccommode en une nuit, et c'est ordinairement celui qui s'est placé entre deux, qui est étouffé dans les embrassemens de la réconciliation.

— Vous n'avez pas complétement tort, M. le secrétaire, dit Chantereine, et vous semblez une tête expérimentée, comme on en trouve souvent parmi vos compatriotes au-delà des Alpes. Voulez-vous donc assurer le roi de Pologne, en mon nom, que je suis son serviteur ainsi que celui de son frère, en tant que cela pourra s'accorder avec les devoirs d'un officier français.

— Il faudrait que vous agissiez selon les sentimens que vous montrez, messire; car vous vous attireriez ainsi des remercimens des deux parts. Son-

gez que celui dont la garde vous est
confiée est un grand prince, et vous
savez déjà sans doute que le roi Très-
Chrétien est fâché de tout ceci. Voyez
donc s'il ne serait pas plus avanta-
geux pour vous, lorsque le prince
sera rendu à l'éclat de son rang, de recevoir des présens de la main de Son
Altesse, que d'exciter son courroux et
celui de son frère, par un excès de
zèle. Sans doute, la Pologne est bien
éloignée de ce royaume; mais vous
savez, messire, que les rois ont les
bras longs.

— Vous n'êtes pas plus avare de
belles paroles, M. le secrétaire, que le
sont les Italiens, dit Sylvain qui avait
écouté ce discours en murmurant;
mais vous ne séduirez personne en
ce pays où le roi récompense assez
largement ses serviteurs pour qu'ils

n'aient pas besoin de recourir à d'autres que lui.

On venait d'arriver au château de
Cisteron, l'Italien remonta à cheval,
et repartit le jour même pour Gênes.

CHAPITRE XXV.

L'Attentat.

La nuit était venue après une
journée brûlante. De sombres nuages
chargés d'électricité s'étendaient au
loin au levant, et semblaient fran-
chir sur leurs vastes ailes les cimes

des montagnes et venir s'abattre sur
la plaine, tandis qu'au couchant, la
pleine lune apparaissant au milieu
d'un ciel pur, se réflétait dans les
eaux profondes de la Durance, dont
le murmure sourd et continuel, s'é-
levait jusqu'aux monts. De temps en
temps un court gémissement du vent
qu'apportait l'orage, se faisait entendre sur le sommet de Cisteron,
et faisait rendre un son criard à la
girouette placée sur le toit de la petite maison solitaire où brillait fai-
blement la clarté d'une lampe.

L'horloge du château sonnait onze
heures, et un homme qui se pro-
menait de long en large, une pertuisane à la main, sur la rampe de
roches qui entourait la prison,
comptait attentivement les coups,

— Déjà onze heures ! se dit l'ans-

pécade ou Blaise Maguiret à lui-même.
Que fait depuis si long-temps cette
jeune fille dans le château ? elle a
coutume de revenir de meilleure
heure, et il faut justement aujour-
d'hui qu'elle tarde à venir.

En parlant ainsi, il continuait sa
promenade sur la petite esplanade à
quelques pas du bord qui descendait
à pic vers l'abyme. Il gagna l'autre
côté de la rampe, du côté du château,
et écouta en avançant la tête dans
l'espace. Le vent était devenu plus
violent et chassait sous mille formes
merveilleuses, les nuages formés en
partie des vapeurs qui s'élevaient du
fleuve et en partie des colonnes de
fumée qui s'élevaient des forges de la
petite ville, en sorte qu'un épais
brouillard dérobait à Samuel les tours
du château et le chemin escarpé.

L'orage approchait davantage, et déjà les coups de tonnerre retentissaient au loin des profondeurs des Alpes du Dauphiné.

— O Claire ! répétait l'anspéçade avec impatience. Pourquoi tardes-tu si long-temps ?

En ce moment, il entendit monter quelqu'un, et s'avançant il était sur le point de prononcer le nom de la personne qu'il attendait, lorsqu'il aperçut sur le chapeau de celui qui approchait quelque chose de semblable à des plumes flottantes. Il ne tarda pas à voir une longue figure s'avancer du milieu des brouillards ; elle fut bientôt suivie d'une seconde. Toutes deux s'approchaient avec précaution de la rampe, et n'apercevaient pas le jeune soldat qui s'était hâté de

se retirer dans la niche d'une fenêtre
dont les colonnes saillantes le tenaient dans l'ombre.

— Dort-il donc aussi ? dit un des
deux personnages que Samuel reconnut pour le capitaine Chantereine.

— Tout me paraît fort tranquille
répondit l'autre que sa voix fit reconnaître pour Sylvain et qui portait à
la main un petit escabeau. Maguiret
est de garde aujourd'hui, il est sûrement couché sur l'oreille dans le
petit vestibule, car les Auvergnats
ont le sommeil rude. Du reste à moins
que la fée Urgande ne lui envoie sa
baguette pour qu'il perce les murs,
il est assez bien gardé ici même par
un dormeur.

— Je ne suis pas fâché que nous
n'ayons pas besoin de Blaise. Dans

de semblables choses, il n'est pas bon
qu'on soit plus de deux, et je ne
peux pas me fier à ce drôle tant il a
l'air réservé.

— Vous lui faites tort, messire
de Chantereine, répondit gravement
Sylvain. Il a beau avoir l'air honnête,
ce n'est pas moins un fieffé coquin.
N'a-t-il pas soufflé à l'avocat de Grenoble, la petite Claire et une bonne
somme d'argent par dessus le marché?
Le meilleur de la chose, c'est qu'il a
si bien su enfariner maître Pierre qu'il
ne lui en veut pas le moins du monde,
et qu'il lui donne encore de l'argent,
je crois, car le coquin a toujours dans
ses poches un écot à payer à tout le
monde. Et l'on sait que les Maguirets
de Clermont sont une pauvre séquelle.

— Tant pis, reprit l'officier, il est

trop fin pour nous, et s'il aime l'argent, il faut se défier de lui. Les gens de là dedans n'en manquent non plus que de joyaux qui tenteraient des gens plus élevés qu'un simple cavalier de la prévôté.

— Alors dit Sylvain en riant, je connais un cavalier qui aimerait à hériter d'eux de mainmorte et qui aimerait autant que ce fût lui qui jouît du droit d'aubaine que le roi (1).

— Vous êtes un homme entendu, Sylvain, dit le capitaine après une pause ; et je veux bien vous dire que j'ai prêté assez d'attention aux paro-

(1) Le roi était l'héritier naturel de tout étranger qui mourait en France. C'était le droit d'aubaine ou de mainmorte.

(*Note de l'auteur.*)

les de l'Italien, pour être sûr que
j'aurai mon argent de geôle, d'une
façon ou d'autre. Si la tentative que
nous faisons ne réussit pas, le prince
polonais n'oubliera pas son hôte,
car ils sont généreux, dit-on, et l'or
ne leur coûte pas si cher qu'à nous
dans notre pauvre France. Si nous
réussissons comme vous l'avez dit, la
main morte ne sera pas plus fermée
pour nous qu'elle le serait vivante.
Hâtons-nous, ce petit Guy pourrait
bien venir, bien que j'aie dit qu'on
le retint au château.

— Avez-vous le papier ? demanda
Sylvain.

— Oui. Mettez seulement l'escabeau sous la fenêtre et montez.

— Il vaut mieux, messire, que vous

montiez que moi. Vous êtes d'une
plus haute taille; j'atteindrais à peine
à l'ouverture et je ne pourrais peut-
être pas le jeter.

Pendant ce colloque, les deux in-
terlocuteurs s'étaient approchés de la
maison, et se trouvaient déjà presque
sous la fenêtre où Opacki se tenait
caché derrière les pilastres de pierre.

— Aucune lumière ne brille dans
la maison, que la lampe placée devant
la vierge noire que le prince a appor-
tée de Pologne, et à laquelle il a tant
de dévotion (1). Approchez l'escabeau
de la muraille.

En ce moment, un coup de vent

(1) La Sainte-Vierge de Clarenberg, près
de Czenstochow.   (*Note de l'auteur.*)

vint frapper la pertuisane que tenait Opacki dont le fer heurta la
muraille et rendit un léger bruit
sonore.

— N'avez-vous pas entendu du
bruit ? dit Chantereine à son compagnon

—Sans doute, répondit l'autre en
se retirant. J'ai entendu quelque
chose comme le son de l'argent, il
faut qu'ils soient éveillés là dedans. Je
gage que le vieux prêtre compte ses
ducats, qui avec l'aide de Dieu, pas-
seront bientôt en meilleures mains.

— Il faut attendre alors. Je ne m'é-
tonne pas s'ils ne peuvent dormir. Le
vent qui mugit sur ces rochers ré-
veillerait les morts, et je ne me sens
pas fort à l'aise sur ce pic escarpé.

— Retirons-nous un peu d'ici, messire, car si le vieux prêtre veille encore, il pourrait voir le papier, et on ne le trouverait plus demain au lever du jour.

— Pourvu que le page ne revienne pas ! nous aurions peine à le faire taire.

— Je ne sais comment le comte de Valois a eu l'idée de lui envoyer ce petit diable qui se trouve partout et qui voit tout ce qui se passe à la ronde.

— La comtesse avait appris que tous les serviteurs du prince avaient été renvoyés ; et vous savez bien que les femmes aiment à jouer les châtelaines. Le gouverneur lui a passé cette fantaisie, afin qu'elle ne se mêlât pas de choses plus importantes, comme il paraît qu'elle le fait quelquefois.

— Si ce n'était l'ordre exprès de monseigneur qui me défend de tourmenter ce petit muguet, il y a longtemps que je lui aurais fait une boutonnière de plus au côté gauche de son pourpoint, plus large et plus profonde que jamais tailleur n'en a faite.

— Ne perdons pas de temps, dit le capitaine, après avoir écouté quelques moments sous la fenêtre, en retenant son haleine. — A ces mots il tira un petit papier roulé, et un autre en forme de lettre, se mit à quelques pas de l'ombre du bâtiment et les compara attentivement autant que les nuages qui passaient à chaque moment devant la lune, lui permettaient de le faire.

— Hem! très-bien, se dit-il tout en
lisant. — Emeute populaire en Savoie.
— De Pignerol, en trois jours. — Vous
avez très-bien imité l'écriture, Sylvain.
— Une attaque sur le marquisat de
Saluces. Bien, bien. C'est aussi tout à
fait la main du comte de Fuensalda-
gna. — Vive le confident de son éminence! s'il ne nous avait envoyé l'écriture de cet Espagnol pour la contre-
faire, nous ne serions jamais arrivés
à rien. Mais avec cela, il leur sera
difficile de nier qu'ils ont entretenu
des intelligences avec les ennemis de
l'état. Ainsi, mon cher ami, dans quelques heures l'intendant du Dauphiné
arrivera pour visiter les papiers des
prisonniers, et leur signifier l'ordre
de translation au château de Vincennes. Maintenant, Sylvain, que vous
savez ce qu'il nous en revient, faites
que ce papier n'échappe pas à sa vue.

— N'ayez pas d'inquiétude, messire de Chanrereine, la chose est déjà
comme faite. Mais n'entendez-vous
pas monter quelqu'un le long de la
rampe ? Il faut que ce soit le page,
que ces coquins auront laissé partir
avant l'heure. Tout est tranquille
autour de nous, capitaine, et il n'y
a personne qui nous voie ici, que la
face ronde de la lune qui commence
à se cacher sous les nuages. Si je fai-
sais quelques taillades de plus à ce
petit pour-point de velours, qu'en
pensez-vous, capitaine ! D'un coup
de pied, on pourrait ensuite le faire
descendre plus vite qu'il n'est monté.

—En réfléchissant, vous avez peut-
être raison, Sylvain, répondit le capitaine. Le garçon vient tout à fait
mal à propos, et il peut réveiller
tous ceux qui dorment là dedans,

en voulant entrer dans la maison.
Il n'y a pas de témoins à craindre
sur cette hauteur au milieu des brouillards, et ce meurtre sera mis sur le
compte de l'envoyé étranger qui sera supposé avoir apporté cette lettre.... Oui, c'est cela. Faites de votre
mieux, Sylvain.

Tandis que le capitaine parlait
ainsi, Sylvain avait tiré de sa ceinture
un large couteau à deux tranchans,
et il le tenait de façon à ce que la
lune n'en frappât pas la lame de ses
rayons. On entendait déjà les chanton-
nemens du page qui gravissait lentement la montagne. —Chante, chante,
mon petit fils! dit à voix basse l'as-
sassin. Tout à l'heure, ta voix sera
moins claire.

— C'est le page! dit Chantereine

à l'oreille de son compagnon. Ajuste-
le bien, que ses cris ne réveillent
pas l'Auvergnat!

— Prenez-vous un bourgeois d'Avignon pour un apprenti? répondit
Sylvain plus bas encore, et la voix
du page se faisait toujours entendre
plus distinctement.

En ce moment, Samuel Opacki qui
ne les avait pas perdus de vue, s'avança d'un pas lourd comme s'il sortait
de la maison, et cria d'une voix forte:
qui vive!

— France! Au diable le butor!
répondit Chantereine en fureur.

— Que fais-tu là, à cette heure,
anspéçade? ajouta-t-il.

— Ah! c'est vous mon capitaine.

Le page est là-bas au château, et il
faut que j'attende le petit vaurien;
car mon devoir me défend d'aller
me coucher, sans avoir pris les
clefs de toutes les portes.

— Tu es un bon soldat! dit l'officier en faisant signe à Sylvain de le
suivre, et ils se rendirent tous les
trois du côté opposé de la maison.
As-tu entendu quelque chose de suspect cette nuit? dit Chantereine à
Opacki. Où étais-tu?

— J'étais sous le vestibule à boire
pour passer le temps, mais avec mo-
dération, mon capitaine, et je n'ai
rien remarqué d'extraordinaire. Qui
voulez-vous qu'on rencontre sur ces
rochers, si ce n'est quelque oiseau de
nuit qui vient se réfugier dans les
ruines? Je n'ai pas entendu le moin-

dre bruit, jusqu'au moment où vous vous êtes mis à appeler le cousin Sylvain.

— Vas à ton poste, dit Chantereine d'un ton sévère, et fais rentrer ce page pour qu'il ne trouble pas les seigneurs dans leur sommeil; car ils ont besoin de forces pour leur voyage. Ne dis pas à ce petit drôle que tu nous a vus par ici; il se ferait un plaisir de bavarder auprès du prince. Vas, le page est déjà à la tour, et nous allons descendre; car l'orage commence à devenir inquiétant, et le vent n'est pas fort doux sur ces rochers.

Opacki regagna le vestibule où Guy s'était déjà réfugié contre les atteintes dé l'aquilon, qui mugissait d'une façon terrible et qu'accompagnait le grondement du tonnerre.

Samuel lui dit en deux mots ce qu'il avait entendu, et l'informa que le prince devait partir le lendemain pour le château de Vincennes. Ils convinrent de ne pas troubler inutilement le prince dans son sommeil, et rentrèrent ensemble dans la maison.

En pénétrant dans la salle basse qu'habitait l'abbé, un léger bruit que Samuel entendit sous la fenêtre et la présence d'un papier roulé qui se trouvait dans un coin de la chambre, lui apprirent que les deux fourbes avaient réussi dans leur entreprise. Opacki sortit aussitôt et vit à la lueur des éclairs, que la petite esplanade était déserte. Il entendit aussi les deux compagnons descendre le long de la rampe, et jurer à chaque effort qu'ils faisaient pour se préserver de

l'ouragan qui menaçait de les en-
gloutir dans l'abyme.

Jean Casimir passa la dernière
nuit de sa captivité à Cisteron dans
un profond sommeil, que ne trou-
blèrent ni les mugissemens du vent,
ni le bruit du tonnerre, auquel il
s'était accoutumé sur ces rochers.
Mais l'abbé Konopacki entendit après
minuit, un léger pas dans sa chambre, et aperçut à la clarté du feu du
ciel qui éclairait sa chambre, le jeune
page qui s'approchait avec précaution de la fenêtre.

—Que veux-tu, Guy? demanda le
prélat à demi-voix. Est-il arrivé quelque chose, que tu sois debout si
tard?

—Vous ne dormez pas, vénérable

sire, répondit le page. Tant mieux,
passez donc un vêtement; vos con-
seils deviennent nécessaires. Messire
Samuel est là dehors, et nous n'avons
cessé de veiller jusqu'à ce moment.
Mais ne troublez pas le sommeil de
Son Altesse, car elle est malade depuis quelques jours, et nous vou-
lons vous consulter sans qu'elle le
sache.

Le comte Alexandre se leva en
toute hâte et vint tenir conseil avec
ses deux amis pour détourner de la
tête du prince les malheurs qui le
menaçaient. Puis l'abbé retourna à
sa couche, et le page alla allumer un
second cierge sur l'autel de la vierge
de Czenstochow, devant laquelle il
se mit à prier avec ferveur. Pour
Opacki, il se tint devant la maison,
plongeant ses regards avec inquié-

tude dans la campagne que lui dérobait l'orage dont la furie se perdait
en ce moment dans des torrens de
pluie.

CHAPITRE XXVI.

—

L'Enquête.

Il faisait à peine jour et l'orage avait cessé, lorsque le bruit de plusieurs voitures se fit entendre dans la cour du château; le bruit d'un grand nombre de voix s'éleva de la plaine et la flamme vacillante des torches éclaira les murs grisâtres et les tours de l'antique édifice. Bientôt on entendit le bruit des armures et la clarté approcher de plus en plus. Samuel rentra dans la maison, avertit le prélat et Guy, que l'inquiétude avaient empêché de se livrer au sommeil, et revenant fermer la porte de la maison avec soin, il s'établit au-devant en sentinelle, la hallebarde à la main.

— Pardonnez, monseigneur, dit François de Champcenetz, intendant de Provence, en réveillant le prince de son sommeil et Konopacki de celui qu'il feignait, pardonnez-moi si je vous dérange à une heure si peu convenable : j'ai déjà eu l'honneur d'être présenté à Votre Altesse dans le château de la Tour du Bouc, où

j'étais malheureusement chargé de
vous annoncer votre arrestation; aujourd'hui, si je ne vous apporte la
nouvelle de votre délivrance, j'ai du
moins à vous faire savoir que vous
allez quitter cette triste demeure,
pour être transféré dans un château
royal. C'est la volonté du Roi que
vous quittiez Cisteron et que vous
vous rendiez dans le château qui est
situé à l'entrée du bois de Vincennes.
Soyez assez bon, messire de Chantereine, ajouta-t-il, tandis que Jean
Casimir se mettait en état de recevoir
cette visite inattendue, soyez assez
bon pour faire investir la porte, afin
que personne ne sorte avant que
notre affaire soit terminée.

Lorsque le prince l'eut assuré qu'il
n'avait pas besoin d'excuse pour
accomplir ses ordres, l'intendant

ajouta avec quelque embarras : puisque Votre Altesse est portée à distinguer l'homme de son emploi, je compte sur l'indulgence avec laquelle elle écoutera une communication d'une nature peu agréable. Plusieurs fidèles serviteurs du Roi prétendent avoir vu depuis quelques jours dans ces contrées, des personnages suspects; on suppose que leur apparition dans ce pays, a quelque connexion avec votre séjour à Cisteron, monseigneur, et cette malheureuse circonstance m'oblige à vous déclarer que je dois soumettre vos bagages à une inspection exacte.

— Je suis en votre pouvoir, M. de Champcenetz; faites donc ce qu'il vous plaira, dit le prince!

— Non pas ce qu'il me plaira,

monseigneur, mais ce que je dois,
répondit l'intendant qui fit un signe
pour qu'on apportât les effets du
prince. Alors il le pria de vouloir bien
ordonner à ses gens de ne pas bou-
ger pendant cette opération. Le
prince s'adossa, les bras croisés
contre la muraille, et parut ne donner aucune attention à ce qui se passait. Mais l'abbé Alexandre élevant
la voix, dit à l'intendant : vous êtes
fort prévoyant, messire, et vous pou-
vez avoir quelques raisons de l'être ;
mais je vous prie de songer que nous
devons aussi montrer la même défiance. Je vous somme donc, au nom
de Son Altesse, à qui son auguste
rang interdit de semblables discus-
sions, d'ordonner aussi à vos gens de
ne pas approcher plus que nous et
de ne pas porter la main sur les objets que vous allez examiner, attendu

que plusieurs d'entre eux nous sont suspects. On a souvent entendu dire que de de semblables gens savaient faire trouver ce qui leur convenait dans les papiers des prisonniers.

— Je ne saurais m'opposer à votre réclamation, M. l'abbé, dit l'intendant, et personne ne portera la main sur les effets de Son Altesse que moi et ce digne jurisconsulte qui est digne de toute confiance. — Pour vous, Claude Sylvain, je vous dispense de vous mêler de cette affaire; et vous, messire de Chantereine, je vous prie, tandis que je suis occupé ici, de préparer vos gens pour le départ.

— Vous paraissez oublier, monsieur l'intendant, répondit celui-ci avec quelque humeur, que j'ai été

placé ici par son éminence, pour veiller sur le prince, et que tout ce qui
le concerne est de mon ressort.

— Vous oubliez vous-même, capitaine, que je suis la seconde personne
de la Provence et votre supérieur
dans toutes les affaires civiles comme
l'est celle-ci; et qu'ainsi votre influence cesse là où je me trouve en personne. Je vous ordonne donc, au nom
du roi, de vous éloigner. Maintenant,
monsieur l'avocat au parlement, si
cela vous convient, nous allons remplir notre mission.

A ces mots, l'intendant commença
ses perquisitions, aidé par son asses-
seur que Samuel reconnut pour le
digne maître Valentin. Ils tirèrent
pièce à pièce le contenu des malles,
et les visitèrent avec le plus grand

soin. Chaque fois, l'intendant se tournait vers le prince en lui faisant une
profonde inclination, et lui demandait pardon de ce qu'il faisait, puis il
remettait avec précaution les objets
à leur place. On en vint aux papiers.
L'intendant déployait avec délicatesse
chaque lettre, la présentait à l'avocat
qui y jetait un coup d'œil et en disait
à haute voix le titre en se tournant
vers le prince. L'avocat lit tour à tour :
Lettre de Sa Majesté le Roi de Pologne. — Lettre de haute et puissante
dame Elisabeth Kazanowska. — Bref
de Sa Sainteté, etc. ; et voyant que
Jean Casimir ne témoignait par ses
gestes et ses regards aucun intérêt à
cette lecture, il refermait la lettre et
la rendait à l'intendant.

Cette perquisition dura plusieurs
heures. Elle s'acheva sans qu'on eût

rien trouvé qui répondit aux soup-
çons qu'on avait formés ; et déjà l'intendant se tournait vers le prince
pour prendre congé de lui, lorsque
Sylvain qui était resté, durant tout
ce temps, sur une chaise, se leva
tout à coup.

— S'il m'est permis maintenant,
messire l'intendant, de faire usage
de la langue que Dieu m'a donnée,
j'attirerai votre attention sur ce petit
rouleau de papier que le vent a pous-
sé dans un coin de la chambre et
qui a échappé à vos regards. Je crois
devoir le faire avec plus de raison,
que par sa forme et sa situation, il
semble avoir été jeté cette nuit même
par les barreaux de cette fenêtre.

L'intendant ayant jeté un regard
de mépris sur Sylvain, se tourna vers

Valentin, et lui dit : ayez la bonté de
me le remettre monsieur l'avocat.

Maître Valentin se baissa, prit le
papier, le déploya ave sa lenteur ordinaire, mais au moment d'en lire le
contenu, sa figure prit une expression singulière, et il le remit à l'intendant.

— Que veut dire ceci, dit celui-ci
en souriant. Et il lut ce qui suit :

Pour cinq jours. Pain. 310 portions.
Viande. 60
Id. pour 60 hommes. 415 rations.

—Ce sont là les secrets d'état que
vous avez découvert, maître Claude
Sylvain ? en vérité, je serais curieux
de connaître l'homme qui est venu
au risque de ses jours jeter à travers

la fenêtre d'un prisonnier d'état, une quittance de provision de messire de Chantereine?

Le chagrin et l'humeur se peignaient sur le visage du capitaine, son compagnon pâlit, et un sourire vint se placer sur les lèvres de l'abbé. La porte s'ouvrit et l'anspécade Blaise Maguiret, s'avançant d'un pas militaire vers messire de Champcenetz, lui présenta deux papiers de différentes dimensions.

— Mon devoir m'ordonne de vous annoncer, messire, dit-il, qu'en faisant ma ronde autour de la maison, j'ai trouvé dans un buisson, près de la rampe du rocher, ces deux billets que quelqu'un a sans doute perdus la nuit passée et que le vent a chassés jusque là.

Messire de Champcenetz se disposait déjà à prendre les papiers que lui tendait Samuel, lorsque Chantereine, oubliant toute prudence, s'avança vivement, et les arrachant des mains de son subordonné, se retira dans un coin de la chambre où les bagages étaient amoncelés. Mais au même moment, le page qui s'était tenu jusqu'alors dans un coin obscur, s'avança en se couvrant le visage de ses mains, et s'écria d'une voix lamentable : au nom du ciel, monsieur l'intendant, prenez garde !

Champcenetz jeta un regard perçant au jeune page; mais en entendant cette voix, maître Valentin parut comme frappé d'un coup de foudre, ses genoux semblaient près de se dérober sous lui et tout son corps fut agité d'une commotion subite.

—Tranquillise-toi, mon enfant, dit
l'intendant. Je connais mon devoir,
il se trouvait deux papiers, capitaine,
où sont-ils, remettez-les moi sur
l'heure, ou soyez assuré, aussi vrai
que je suis gentilhomme, que je vous
ferai rendre raison de votre conduite.

Chantereine obéit en cherchant à
dissimuler sa colère. Champcenetz
prit les papiers et les remit à l'avocat qui s'efforçant de recouvrer
quelque calme, les lut et dit ensuite
d'une voix altérée : le plus grand de
ces écrits est une dépêche de don Ra-
mire de Pennaflor, comte de Fuen-
saldagna qui commande à Cambray,
pour le roi Philippe IV. Elle est
adressée à messire des Noyers, le
secrétaire d'état de la guerre, et
datée de deux ans environ ; le comte
y demande l'échange de quelques pri-

sonniers. — Quant au second écrit, ajouta-t-il d'un air plus agité, c'est sans doute une lettre du même personnage ; elle porte la suscription de Son Altesse le prince Jean Casimir de Pologne et de Suède.

— Et son contenu ? dit messire de Champcenetz, avec empressement.

—Son contenu ?... Eh! bien, le gouverneur de Cambray y parle d'une entrevue qui a eu lieu, et indique le jour où les gens de guerre du duc de Savoye doivent délivrer le prince, à l'aide de quelques troupes espagnoles, pourvu que conformément à ses conventions antérieures avec Sa Majesté Catholique, il s'empare avec cette division de plusieurs places du marquisat de Saluces et de quelques points des Alpes françaises, et, reprit

Valentin en poussant un soupir, je ne saurais disconvenir que cette lettre est écrite du ton le plus menaçant pour la France, et qu'elle élève de fâcheuses préventions contre celui à qui elle est adressée.

— Donnez-la moi ! dit l'intendant en fronçant le sourcil ; et il se mit à comparer les deux écrits. Un profond silence régna dans la chambre. Le prince avait laissé tomber ses bras qu'il avait tenus croisés jusqu'alors avec indifférence, sa tête s'était relevée avec orgueil, et il lançait un regard de mépris sur les étrangers qui l'entouraient. La petite suite du prince était tremblante et accablée, et l'on pouvait lire l'étonnement et la compassion dans les traits des soldats qui assistaient à cette scène. Un sourire imperceptible s'était placé

sur les lèvres de Sylvain, et Chantereine avait repris toute son insolence.
Le seul Maguiret, appuyé sur sa hallebarde, conservait un air calme.

— Vous le voyez vous-même, messire de Champcenetz, dit Chantereine, ces preuves que vous m'avez
forcé de vous livrer, sont-elles assez
claires?

Sans daigner lui répondre, l'intendant dit à Valentin : comparez
encore avec soin, M. le procureur.
Ne vous semble-t-il rien de particulier dans ces écrits ?

Valentin examina de nouveau les
écrits, tout-à-coup il s'écria : ces deux
écrits se ressemblent, mais il me
semble découvrir de notables diffé-
rences dans quelques traits et dans

la signature qu'on a cherché, avec
quelque embarras à imiter, dans la
seconde de ces lettres.

— Il est facile de comprendre, dit
Chantereine, que l'envoyé.....

— Vous vous trompez, M. le capitaine, dit l'intendant, il est très-
difficile de comprendre au contraire
comment l'envoyé qui a perdu ces
lettres, se trouvait porteur de celle-
ci qui est entièrement étrangère aux
affaires du prince ; il est encore plus
incompréhensible que cette lettre qui
a deux ans de date et dont le timbre
atteste qu'elle a été déposée dans les
archives du Louvre, se trouve ici en
ce moment, pour trahir la fausseté
de l'autre.

— Vous voyez bien, M. l'inten-

dant, dit Chantereine, que le prince
de Pologne !....

— Je vois parfaitement ! s'écria
Champcenetz. Mais ce que je vois
compromet tout autres gens que le
prince. Il est temps de mettre fin à
ces débats. Sergent Maguiret, je vous
ordonne d'arrêter ce bourgeois d'Avignon, et de le remettre aux gens de
justice du légat. Vous, capitaine
Chantereine, vous me répondrez de
votre conduite devant qui de droit;
et pour vous, monseigneur, ajouta-
t-il, en s'inclinant vers le prince, je
vous prie de me pardonner cette longue et fâcheuse scène. Permettez que
je vous accompagne jusqu'à la voiture qui doit vous conduire au château de Vincennes.

A ces mots, il prit son chapeau et

le tenant à la main, suivit le prince
qui quitta pour la première fois
la chambre qu'il habitait depuis six
mois.

CHAPITRE XXVII.

La Translation.

Dans le voyage qui se dirigeait vers la capitale du Dauphiné, le prince éprouva de vives jouissances en traversant les champs fertiles de la Provence, les villes et les vallées

pittoresques, où partout, conformément aux ordres de messire de
Champcenetz, on lui rendait les
honneurs dus à son rang. Cependant
un nouveau chagrin vint l'atteindre.
Il lui fut signifié qu'à son arrivée à
Grenoble, il serait séparé de son
fidèle compagnon d'infortune, le
comte Alexandre Konopacki, qu'on
regardait à la cour de France comme
son plus dangereux conseiller. Celui-
ci reçut l'ordre de retourner en Pologne, ordre que l'abbé attribuait
aux craintes du cardinal qui redou-
tait les énormes réclamations que la
famille de Wonchocy avait à adresser
aux Bourbons pour les services qu'elle
leur avait rendus au temps de la
Ligue.

On arriva enfin à Grenoble, où le
vieux duc de Lesdiguières, ancien

compagnon d'armes de Henri IV, gouvernait plutôt en roi qu'en délégué du cardinal. Il reçut le fils de Sigismond III avec toute la pompe d'un souverain, et sa garde fit le service du prince, à l'exclusion des soldats du gouverneur de Provence, que le duc relégua avec leur capitaine Chantereine dans le faubourg de Grenoble, avec défense de pénétrer dans la ville, tant il était jaloux de son autorité. Jean Casimir ne tarda pas à quitter Grenoble, où il se sépara avec douleur de son vieil ami, et avec regret, de l'intendant de Champcenetz, qui avait su en peu de jours acquérir son amitié.

En faisant rappeler son monde à la porte de Grenoble, au son de la trompette, le capitaine Chantereine reconnut que l'anspécade Blaise Maguiret manquait à l'appel. Il ne reparut pas et son nom disparut de la liste des gardes prévôtales de Provence.

Non loin de Lyon, le comte d'Alincourt, gouverneur de la province, reçut l'illustre voyageur avec éclat. Le chapitre métropolitain et les magistrats se trouvèrent auprès des portes, et le saluèrent, selon l'usage du temps, par une longue harangue, à laquelle répondit fort élégamment le père George Leyer, quoique fatigué du voyage et couvert de poussière. C'est du moins ce qu'affirme une autorité, l'historien Jean de Vessenberg.

Ainsi voyageait l'un de nos princes dans un pays étranger; et son trajet d'un cachot à l'autre, avait l'apparence d'une brillante partie de plaisir.

CHAPITRE XXVIII.

Vincennes.

Le château de Vincennes était encore dans ce temps, entouré d'un
bois épais qui s'en trouve aujourd'hui
à quelque distance. C'était une des
plus redoutables forteresses connues

alors; elle était environnée de fossés,
de remparts et de tourelles, et au
milieu de l'édifice s'élevait un bâtiment en forme de tour, qui formait
une citadelle séparée, nommée le donjon de Vincennes, depuis des siècles et
même dans des temps récens, théâtre
d'attentats ténébreux. Louis IX, que
l'église nomme le Saint, avait bâti ce
château et venait souvent se reposer
sous l'ombrage des arbres qui l'en-
vironnaient. Là, comme dans le bois
de Boulogne, on montrait encore un
vieux chêne sous lequel le prince venait s'asseoir, et où il se plaisait à ap-
paiser les différens de ses vassaux, ou à
prendre un repas frugal; mais depuis
long-temps, le chêne était abattu, et
la demeure champêtre du roi était
devenue un cachot pour des princes
et des héros. Au temps où se passait
cette histoire, les sombres chambres

du vieux château n'étaient pas sans hôtes de ce genre. Le général impérial Jean de Werth, dont les talens militaires avaient plusieurs fois battu les troupes françaises, et qui avait été sur le point de pénétrer jusqu'à la capitale, où son nom est encore resté en proverbe pour désigner une époque mémorable (1), attendait là dans une triste captivité la paix qui devait le délivrer et qui n'eut lieu que huit ans plus tard. Le fils de Frédéric V, roi de Bohême, qui avait été l'ennemi déclaré de l'Autriche et l'ami constant de la France, le petit-fils de Jacques Ier, roi d'Angleterre, Casimir Frédéric, comte palatin du Rhin,

(1) Le peuple de Paris a dit long-temps pour désigner un événement passé : *C'est depuis Jean de Vert.*

(*Note de l'auteur.*)

quelques droits qu'il eût à la protection de Louis XIII, n'avait pu échapper à la soupçonneuse jalousie du
cardinal : il avait été arrêté dans un
voyage qu'il faisait en Alsace, en
passant par la France et conduit au
donjon de Vincennes où il était res-
serré étroitement. Déjà auparavant,
dans cette chambre qu'il habitait,
Marie de Nevers, qui devint depuis
l'épouse de Jean Casimir, avait expié la
complaisance avec laquelle elle avait
écouté les propos galans de Gaston
d'Orléans ; et plus tard, ces murs devaient renfermer, au temps de la
Fronde, les hommes les plus illustres
et des princes du sang, entr'autres
Henri-César de Bourbon-Vendôme,
duc de Beaufort, petit-fils de Henri IV, qui s'échappa par une fenêtre
élevée, pour aller allumer dans Paris
les flambeaux de la guerre civile.

Ce fut dans la soirée du 15 septembre que le prince de Pologne arriva devant le château de Vincennes. Au moment où le cortège s'arrêta devant ces sombres murailles, la bienfaisante illusion qu'avait produite en lui la politesse de Champcenetz et la courtoisie du vieux Lesdiguères, s'évanouit complettement. Il faisait déjà nuit, la pluie tombait à flots, et pas une créature humaine ne se montrait dans la forêt, où la troupe des voyageurs accablée de fatigue, cherchait en vain un abri. Le guide de l'escorte avait envoyé un de ses gens pour annoncer l'arrivée du prince; cependant plus d'une heure s'écoula avant qu'on ouvrit une porte. Le bagage fut déchargé et jeté dans une cour extérieure. Les soldats de la garnison et une foule de curieux accourus au bruit des carrosses et des chevaux, se pressaient autour des étrangers et examinaient leur bagage : aussi, le lendemain, plus d'une cabane du village de Vincennes fut ornée d'un tapis, ou d'un meuble précieux encore inconnu dans cette contrée.

En vain le prince et ses compagnons, Français et Polonais, prièrent-ils qu'on les laissat pénétrer dans l'intérieur du château. On leur répondit que le commandant en second était à Paris, et qu'on n'avait pas d'ordres pour ouvrir les portes. Pouvant à peine se soutenir, tant la fatigue du voyage, sa longue captivité et les privations de toutes sortes l'avaient épuisé, Jean Casimir s'assit sur un des coffres dans un passage voûté, le dos appuyé contre la muraille et à peine protégé contre l'humidité des pierres par un manteau que le petit Guy étendit avec soin sur ses épaules. Il demeura dans cette attitude entouré de toute sa suite, jusqu'à minuit, heure où parut enfin Barthelemy Bellouard, lieutenant du gouverneur, place qui était alors remplie par messire de Chavigny, secrétaire d'état à qui le donjon servit aussi plus tard de prison. Le successeur du seigneur de Chantereine murmura quelques excuses en réponse aux violents reproches des Polonais et des Français, fit allumer des flambeaux et se mit à faire la visite des bagages sans prendre en considération la situation du prince à qui le repos était si nécessaire. Bellouard déclara ensuite qu'il ne permettrait pas que les gens de la suite du prince partageassent sa captivité, et leur dit qu'il avait ordre de les

faire conduire à Paris où leur demeure était marquée.

— Voici le quatrième cachot où
la France m'offre l'hospitalité, dit
le prince en se levant et en s'avançant
au milieu de la foule; et il semble
que mon dernier geôlier doive surpas-
ser les autres en dureté et en mépris.
Même sur les rochers déserts de Cisteron où me manquait tout ce qu'ont
en partage non pas les fils de roi,
mais les plus pauvres parmi le peuple, on m'avait laissé un ami, et il
m'était permis d'appeler quelquefois
auprès de moi mon médecin et mon
confesseur. L'un m'a été enlevé, et je
demande qu'on n'éloigne pas de moi
ceux qui veillent à la santé de mon
âme et de mon corps. Je demande
aussi que ce ne soit pas un étranger
qui me serve mon repas et qui péné-

tre dans ma chambre solitaire. Je demande qu'on me laisse mon page qui m'a été fidèle dans le malheur; mais, ajouta-t-il d'une voix déchirante, mais il paraît que c'est à ma vie qu'en veut mon cousin le roi de France, et qu'il désire qu'un tombeau soit ma dernière prison dans son royaume!

Le peuple fut un moment ému par ces paroles; mais les soldats et les paysans répandus dans la cour, ne tardèrent pas à s'agiter de nouveau, et en dépit de la résistance des serviteurs du prince et des représentations des officiers qui l'avaient accompagné depuis la Bourgogne, ils commencèrent à se jeter sur les coffres et s'efforcèrent de briser ceux qui renfermaient l'or, la vaisselle, des armes précieuses, et des bijoux d'une grande valeur. Le commandant bourguignon s'ap-

procha alors de Bellouard et le prenant par le bras avec colère, il lui
reprocha de deshonorer le nom d'officier français en permettant au peuple et à ses soldats de commettre de
semblables brigandages. Faisant en
même temps prendre les armes à sa
troupe, il parvint à empêcher le pil-
lage, et à conduire le prisonnier dans
le château (1).

Bellouard se rendit bientôt dans la
chambre qu'on avait assignée au
prince, et s'approchant de lui avec
hauteur : Il me reste, dit-il, à remplir
un ordre de Sa Majesté, et j'espère,
monseigneur, que vous vous y confor-
merez comme l'exige le devoir de qui-

(1) Ces détails, ainsi que tous ceux de la
captivité du prince, sont d'une grande exactitude historique.

conque se trouve sur le sol français.
Il n'est pas convenable qu'un prisonnier porte une épée, je vous prie
donc de me rendre la vôtre.

Depuis une année, la longanimité
du prince de Pologne était chaque
jour mise à l'épreuve ; elle ne put
résister en cette circonstance. Il tira
avec fureur son sabre du fourreau,
et s'écria : allez, et dites à Louis XIII
qu'il vienne lui-même la chercher,
s'il l'ose !

Bellouard fut un moment atterré,
il appela quatre soldats, et leur ordonna de ne pas quitter la chambre
du prince.

— Vos murs et vos fossés ne sont-
ils donc pas suffisans ? dit Jean Casimir avec mépris. Faut-il encore que
je supporte la vue de vos satellites ?

— C'est la volonté du roi ! dit froidement Bellouard qui s'éloigna.

Il était temps que les prisonniers, après tant de traverses, obtinssent quelque nourriture ; on fut obligé d'envoyer au village pour se procurer quelques vivres. Les prisons d'état étaient si mal approvisionnées avant la majorité de Louis XIV, que quelques années après le temps où se passa cette histoire, les princes de Condé et de Conti et le duc de Longueville, se trouvant prisonniers dans la même chambre, restèrent un jour entier sans nourriture, et furent forcés, faute de lits, de passer la nuit à jouer aux cartes avec le comte de Comminges, et à discourir sur l'astrologie.

Jean Casimir, plus heureux, se

mit enfin à table, servi par son page,
et entouré de ses serviteurs, avec
lesquels il s'entretint avec calme,
jusqu'au moment où Bellouard vint
leur annoncer qu'il était temps de se
séparer.

CHAPITRE XXIX.

Les Intrigues.

On se souvient peut-être que lorsque le seigneur de Chantereine, irrité de voir déjouer ses plans de fortune, reprit la route d'Aix, son escouade se trouva diminuée d'un sous-offi-

cier. Celui-ci se trouvait déjà sur la
grande route de Paris, galoppant ra-
pidement avec un compagnon de
voyage qui ne semblait pas moins
pressé que lui d'arriver à la capitale.
Cet homme paraissait âgé, il portait
un habit noir, et lorsqu'un auber-
giste ou quelque autre curieux lui
demandait son nom, il répondait
qu'on l'appelait Jérôme Treffart, et
qu'il possédait une prébende à l'une
des églises collégiales de l'évêché de
Liége. Le ci-devant anspéçade était
devenu le neveu du prébendier. Ils
arrivèrent ensemble à Paris par le
faubourg Saint-Antoine, passèrent
devant la Bastille, entrèrent dans la
rue Saint-Denis, et comme le plus
jeune des deux, en renonçant à son
nom, avait également renoncé à l'hé-
ritage du bonnetier de la rue d'Enfer, il descendit avec son compagnon

dans le cloître St.-Germain-l'Auxerrois, dont les bâtimens informes et
de différentes époques d'architecture
s'avançaient jusque sous les murs du
Louvre, que Perrault a décorés depuis de sa magnifique colonnade. Ils
prirent un logement dans une petite
auberge, comme il convenait à un
pauvre ecclésiastique et à son neveu,
et envoyèrent un de ces petits Sa-
voyards, qui remplirent de tous temps
à Paris l'office de commissionnaires,
dans la rue Sainte-Croix-des-Petits-
Champs, pour prier le secrétaire Basio
de se rendre à l'auberge du Chien-
Vert, afin de visiter deux voyageurs
qui lui apportaient des nouvelles de
son frère, le professeur à l'université
de Louvain.

Maître Andréa ne tarda pas à paraître. A peine eut-il jeté un regard

sur les deux étrangers, qu'il se retourna vivement, tira le verrou de
la porte et s'écria avec joie : Que le
jour soit béni où Andréa Basio a
enfin le bonheur de revoir ses dignes
amis, après une si longue attente!
Le ciel vous a donc tiré de votre
prison, noble comte et vénérable
abbé; et vous, M. le castellanic, vous
avez donc enfin déposé le baudrier
de Luffle?

— On voulait me renvoyer en Pologne, mon bon maître Andréa, dit
le prélat après lui avoir cordialement
secoué la main. Mais je n'étais pas
disposé à partir aussi vite qu'ils le
désiraient, et à rougir devant notre
roi lorsqu'il me dirait : Comte Alexandre, qu'as-tu fait de mon frère dont
je t'avais confié la garde?

Basio répondit : On ne peut pas

absolument dire que Son Altesse
manque de gardiens dans la cage
qu'on nomme le château de Vincennes. Elle en a même trop pour que
ses amis puissent pénétrer jusqu'à
elle, comme je puis vous l'assurer,
puisqu'il y a quelques heures que
j'en ai eu la triste expérience.

— Avez-vous reçu récemment des
nouvelles de notre maître? dit Samuel Opacki. Nous l'avons quitté à
Grenoble et nous n'avons rien appris
sur notre route, où nous avons été
retardés par une indisposition du vénérable abbé. Mais d'après la manière
dont il a été reçu dans le Dauphiné
par le vieux Lesdiguières et par les
comtes et seigneurs de Lyon (1),

(1) Les membres du chapitre métropolitain de Lyon portaient le titre de comtes de
Lyon.   (*Note de l'auteur.*)

nous devons supposer que notre cher
prince jouit aujourd'hui d'un meilleur sort que sur le pic de Cisteron.
En est-il ainsi, et l'avez-vous vu,
digne Basio?

— Moi Basio di Roncaglio de Padoue, je ne l'ai pas vu, mais j'ai vu
quelqu'un qui l'a vu ou plutôt qui
ne l'a pas vu. Pourquoi me regardez-
vous avec étonnement, monseigneur
le comte? Ne me suis-je peut-être
pas exprimé avec ma clarté habi-
tuelle? Ah! croyez-moi, dans cette
maudite ville, au milieu de tous ces
embryons d'hommes d'état qui en-
tourent le grand cardinal dont la
science n'est pas à dédaigner, j'ai
oublié toute l'éloquence politique
que j'avais apprise avec tant de peine
dans les cours publics de ma célèbre
patrie.

— Je conviens, dit Konopacki en souriant, que ce que vous nous avez dit est un peu obscur et demande quelque explication.

Maître Basio reprit haleine, comme il le faisait chaque fois qu'il se disposait à faire une longue période, et commença en ces termes : Un jeune noble Polonais, nommé Nicolas Przerembski, que vous connaissez sans doute, M. le castellanic, puisque vous avez été en même temps que lui à la suite de S. M. le roi Wladislaw IV ; Przerembski donc, fils du porte-glaive de la couronne, étant venu en France avec quelques autres gentils-hommes pour chercher à assister le prince dans sa présente situation, s'est efforcé de pénétrer jusqu'à lui, ce qui ne lui a pas parfaitement réussi, comme je ne tarderai pas à vous le faire connaître, vénérable abbé-comte....

—Quoi! Przerembski est ici? s'écria Opacki en interrompant le verbeux secrétaire. Vous me donnez une excellente nouvelle. Il ne saurait se trouver en ce moment trop de fidèles serviteurs autour de la personne de notre prince, et Nicolas est de ceux-là, et des meilleurs!

—Il ne se trouve pas seul à Paris, comme j'ai eu l'honneur de vous le dire; on attend aussi d'Avignon, aujourd'hui ou demain, la suite du prince, à l'exception de messire Gotthardt Buttler qui est reparti pour la Pologne.

—Oh! je m'en réjouis vivement, s'écria le jeune écuyer. Je veux reje-

ter aussi ce travestissement indigne
de moi, et reparaître ici sous mon
nom véritable.

— Nous saurons bientôt s'il serait prudent de le faire, dit le prélat, et si vous ne serez pas plus utile
au prince sous l'habit d'un bourgeois
de Liége que sous le costume d'un
gentilhomme polonais. Mais, reprit-
il, veuillez, monsieur le conseiller,
nous dire ce que vous savez de Nicolas Przerembski.

— Pour en revenir à lui, je vous
dirai que messire Nicolas s'était rendu
au village de Vincennes pour voir
son cher maître, et lui apporter
quelques souvenirs de Leurs Altesses
les princesses Anna et Constance,
ainsi que de sa royale famille, comme
aussi pour lui annoncer que le roi

allait envoyer monseigneur Christophe Corvin Gonsiewski, wojéwode de Smolensk, en qualité d'ambassadeur auprès du roi de France. Il avait fait connaître sa mission aux secrétaires d'état, et il pensait parvenir jusqu'au prince sans difficulté. Mais il n'en fut pas ainsi. Ce Bellouard, à qui le cardinal et messire de Chavigny ont confié la garde de notre maître, refusa l'entrée au jeune seigneur. Celui-ci s'adressa alors à messire Moulinet, qui garde d'ordinaire les clefs de la forteresse, et qui passe pour un homme plus doux et plus bienveillant envers les prisonniers que le sont d'ordinaire les gens de cette espèce; et en effet ce dernier fit entendre à Bellouard qu'il fallait introduire notre compatriote auprès de son maître. Alors Bellouard conduisit Son Altesse sur la haute tour du château, et le fit monter sur la plate-forme pour s'entretenir avec messire Przerembski, qu'on avait placé dans les fossés, au pied des murs (1). Lorsque Son Altesse parut, et vit qu'un semblable entretien ne pouvait avoir lieu qu'en poussant des cris et en faisant des efforts incompatibles avec la dignité de son rang, elle salua douloureusement messire Nicolas, et se retira dans l'intérieur de la tour. D'après cela, messire, jugez s'il est facile de parvenir jusqu'à l'auguste prisonnier, et s'il est mieux traité ici qu'à Cisteron.

— Je m'étonne, dit l'abbé, qu'on traite aussi rigoureusement mon-

(1) Ces détails sont entièrement conformes à l'histoire.

(*Note de l'auteur.*)

seigneur, au moment où l'on sait que le roi envoye en France l'ambassade que le cardinal a mis pour condition à sa délivrance.

— Il semble dit Basio, qu'on s'efforce de cacher cette consolante nouvelle à Son Altesse, et je pense qu'on voudrait la pousser à quelques tentatives d'évasion, afin d'avoir un prétexte pour la retenir encore.

— Il est donc d'autant plus important de lui faire parvenir cette nouvelle, dit Opacki, et il se trouvera bien quelque moyen de le faire. Mais où en sont vos négociations, maître Basio; n'avez-vous trouvé aucun ami, aucun protecteur, durant votre séjour à Paris.

— Mes négociations, Dieu nous

ait en pitié ! elles sont toujours au même point où elles se trouvaient lorsque nous étions dans la maison du bonnetier de la rue d'Enfer. De grandes suppliques et de longues réponses avec lesquelles on pourrait couvrir la route de Paris jusqu'à Padoue, et dont le contenu tiendrait sur l'ongle de mon pouce. Mes protecteurs, sous le point de vue diplomatique, sont le nonce du siège apostolique, monsignor Saluzzi et le plénipotentiaire de la république de Gênes ; mais leur intercession n'a guère porté de fruits. Toutefois je dois nommer deux hommes qui n'ont cessé, à cette cour, de me montrer un vif intérêt ; ce sont monseigneur le marquis de Cinq-Mars et le comte de Trêmes, capitaine des gardes, qui me renvoya un jour si rudement du château de St-Germain. Mais la terreur qu'inspire le nom du cardinal, les empêche de témoigner ouvertement leur bonne volonté pour un pauvre licencié, pour le secrétaire d'un prince prisonnier, qui à ce titre porte sur son front le sceau de la réprobation. Il en est ainsi de mademoiselle Marie de Nevers, à qui j'avais remis la lettre que vous m'avez laissée. Cette jeune et sage princesse pense encore avec recconnaissance à l'honneur que lui a fait l'auguste roi, Wladislaws en voulant l'élever au titre de Princesse de Pologne, elle désirerait fort lui témoigner sa gratitude; mais elle a des souvenirs récens de l'affreux donjon de Vincennes, et je pense qu'elle ne se soucie guères d'y résider encore une fois.

— Ainsi vous avez vu monsieur de Cinq-Mars ? dit Opacki.

— Plusieurs fois, et toujours il m'a

parlé de vous. Si vous étiez disposé
à renouveller connaissance avec lui,
on pourrait se promettre de bons
effets de l'entrevue que vous auriez
avec le grand écuyer.

— J'irai le voir, dit Samuel. Ainsi,
ajouta-t-il en s'adressant à l'abbé, je
resterai encore quelque temps, Jean
Tréffart, votre cousin ; car sous la
cape d'un bourgeois de Liége, je pas-
serai plus facilement au guichet du
Louvre, que sous le manteau d'un
chevalier polonais ; ce costume là
n'est pas aujourd'hui en grande faveur
à la cour.

———————

CHAPITRE XXX.

Le Cloître Saint-Germain.

Le lendemain, Opacki se présenta chez le grand écuyer de France. — C'est vous! s'écria monsieur de Cinq-Mars en le reconnaissant. Venez donc. Nous avons appris de vos nouvelles,

et nous connaissons votre noble
conduite, par une dame qu'il n'est pas
nécessaire que je vous nomme. Je
vois avec joie que vous êtes infatiga-
ble pour le service de votre maître,
et je le ferai connaître à quelqu'un
qui saura apprécier tant de fidélité.
— Le moment d'une décision approche, ajouta le grand écuyer. Le roi
est bien résolu à mettre le prince en
liberté à l'arrivée de l'ambassadeur
de la cour de Varsovie. C'est en vain
que le cardinal s'opposerait à cette
détermination; le roi qui n'a que rarement une volonté, est inébranlable
lorsqu'une fois il s'est décidé. Cet
heureux changement est dû en partie à la reine qui depuis la naissance
du Dauphin, est vue du roi d'un œil
plus favorable. Le roi lui a même découvert en confidence que le cardinal
s'était souvent efforcé de l'irriter

contre le prince Polonais ; mais qu'il était las d'avoir pour ennemis tous les parens d'Anne d'Autriche, et qu'il avait fait connaître au ministre son mécontentement par son silence. — Vous voyez, mon noble ami, que l'étoile du cardinal va cesser de vous être funeste. Un jour n'est pas éloigné peut-être où cessera le régime des prêtres, et où les nobles et la France protégés par un des leurs, pourront relever leurs têtes et travailler pour la gloire du royaume. Mais vous, faites tous vos efforts pour que le prince ne cherche pas à lier quelque personne à sa cause, et qu'il attende avec résignation l'heure qui doit le délivrer. Le cardinal sait profiter de toutes les circonstances, et une imprudence nous compromettrait tous, et même la reine !

Samuel Opacki quitta le grand écuyer, le cœur allégé, et s'éloigna d'un pas rapide, se dirigeant par les galeries et les voûtes du Louvre, vers le cloître Saint-Germain l'Auxerrois.

Déjà dans ce temps, ce quartier était couvert d'une multitude de boutiques où les petits marchands offraient à bon prix toutes sortes de denrées. Opacki remarqua dans une de ces boutiques, une jeune fille vêtue comme les gens du peuple, qui était occupée à faire diverses emplettes. La servante, car elle paraissait telle, l'aperçut en même temps, et son émotion fut si forte qu'elle laissa tomber le panier qu'elle tenait à la main. Un second regard que Samuel jeta sur elle, le convainquit qu'il venait de voir Claire Hébert. La rencontre d'un jeune ouvrier avec une servante n'avait rien que d'ordinaire, et ne devait pas produire grande impression à la porte du Louvre; il s'approcha d'elle et l'aidant à ramasser ce qui était tombé, il la salua en disant: bonjour mademoiselle Claire!

— Voyez donc, M. Maguiret! dit-elle, du ton le plus naturel qu'elle put prendre.

— Je me nomme Treffart et non Maguiret comme vous le dites, dit Maguiret en jetant un coup d'œil sur la maitresse de la boutique, qui occupée à examiner une vieille pièce d'argent que Claire lui avait remise en paiement, ne soupçonnait guères qu'auprès d'elle se trouvaient un héros de fidélité et une héroïne non moins intéressante par une passion

aussi touchante qu'extraordinaire,
et que cette rencontre pouvait avoir
une grande influence sur la destinée
d'un prince appelé au trône. Les
achats de Claire furent bientôt termi-
nés, et ils s'acheminèrent tous les
deux vers l'auberge du Chien Vert.
Là, Opacki conduisit la jeune Provençale dans sa chambre, car elle
craignait de paraître devant l'abbé de
Wonchocy dont le regard pénétrant,
disait-elle, l'avait plus d'une fois
embarrassée dans la prison de Cisteron.

— Je revois enfin la belle Claire
sous les habits de son sexe, et le
petit Guy a enfin disparu, lui dit
Samuel, lorsqu'ils se trouvèrent seuls.
Avez-vous donc suivi le prince jusqu'à
Vincennes; et avez-vous quitté le
château depuis long-temps?

— Il n'y a pas encore deux heures, M. Samuel. O messire, j'ai fait une triste expérience des malheurs que s'attire une jeune fille, qui au lieu de rester à coudre à la maison, s'en va par le monde faire des tours de page ! Mais je me console en songeant que j'ai rempli autant que je l'ai pu, les ordres de ma noble maîtresse.

— Ainsi ce sont les ordres de la comtesse de Valois, qui seuls ont décidé la jolie Claire à endosser la casaque de page et à se laisser emmener de prison en prison ? demanda le Polonais en riant. En vérité, la comtesse a en vous une fille bien fidèle, ma charmante Claire !

— Je ne vous comprends pas, dit la jeune fille en rougissant.

— Il n'y a donc pas long-temps que vous avez vu mon maître ? Oh ! de grâce, dites-moi comment il se trouve, et ce qui lui est arrivé ?

— Le prince, ô mon Dieu ! le prince se trouve bien mal, et cette cabane de Cisteron qu'il partageait avec les chouettes et les corneilles était un paradis, comparé au royal château de Vincennes. — Là-bas son âme se ranimait quelquefois en causant avec le comte, tandis qu'ici il n'a pour se récréer que la société de deux médecins qui le tourmentent en lui nommant vingt maladies dont ils le menacent. Et Chantereine qui ne valait pas grand'chose en vérité, était dix fois meilleur que ce Bellouard qui le garde aujourd'hui. Là-bas au moins le pauvre Guy était auprès de lui ; il ne l'a plus maintenant !

— Vous n'êtes donc plus au service
de notre maître ? dit Opacki.

— Il faut que vous sachiez, reprit
Claire, que tout ce qui peut causer
quelque joie au prince lui est enlevé,
et qu'on s'efforce toujours de lui préparer quelque tourment, ainsi qu'à
ses compagnons. Le cuisinier étant
allé à la messe le vendredi, fut jeté
dans un cachot par ordre de Bellouard
et depuis ce temps, je préparais le
repas du prince. Le vénérable père
Leyer qui est grand ami des commo-
dités de la vie, avait fait acheter neuf
aunes de sangles pour améliorer sa
couche, le commandant prétendit
qu'il voulait s'en servir en guise de
corde pour s'évader, et les lui fit
enlever violemment par ses soldats,
en lui faisant de terribles menaces.
Enfin, dès que la nuit venait, on

nous enfermait chacun dans notre
chambre jusqu'au lendemain. Il se
trouvait au château, un officier du
roi, nommé Moulinet, qui comman-
dait en l'absence de Bellouard; il me
montrait quelque amitié, et sur les
représentations que je lui fis, il con-
sentit à nous permettre d'aller le soir
tenir compagnie au prince, et à éloigner les gardes de l'intérieur de sa
chambre. Mais cela ne dura pas long-
temps. Bellouard apprit quelque
chose de ces entrevues, et revenant
un jour subitement au château, il ac-
cabla Moulinet de reproches, et donna
ordre de nous renfermer de nouveau.
Le prince hasarda de dire quelques
mots en ma faveur, alors la colère de
Bellouard se tourna entièrement
contre moi. Il s'écria que j'avais détourné Moulinet de son devoir, ce
que je paierais pour tous. A ces mots

il ordonna aux soldats de me saisir
et de m'infliger le plus avilissant des
châtimens. Hors de moi, de honte et
d'effroi, je me jetai aux genoux de
Jean Casimir, et les embrassant je le
suppliai de sauver son fidèle serviteur
de cette ignominie et de m'empêcher
d'être livrée aux mains de ces gros-
siers soldats; oubliant que le noble
prince avait peine à se protéger lui-
même, je lui demandais avec larmes
sa protection. Le prince me releva,
et me prenant par le bras il s'écria :
que personne ne porte la main sur
cet enfant que protègent les couleurs
de la maison royale de Pologne, ou
qu'il s'attende au châtiment dû à
ceux qui violent les droits des princes! — Mais Bellouard, soit qu'il se
fût enivré, ce qui lui arrivait souvent,
soit que la colère l'étourdit entièrement, n'écouta nullement le prince,

et ses soldats s'emparaient déjà de
moi, lorsque je m'écriai en m'atta-
chant aux genoux du prince : respec-
tez mon sexe ; je suis une femme !

Je n'oublierai jamais le regard
que me lança Bellouard lorsque je
prononçai ces paroles, mais il le re-
porta aussitôt sur le prince, qui me
regardait de son côté avec une expression de tendresse et d'émotion
que je ne saurais vous peindre. Lorsque j'avais avoué mon sexe, le prince
m'avait involontairement repoussée,
et j'étais tombée sur le plancher dans
un état d'angoisses difficile à décrire.
Il se rapprocha de moi, et me dit
d'un ton grave : Retirez-vous, jeune
fille, et calmez votre effroi. J'ignore,
il est vrai, les motifs qui vous ont
engagé à partager ma captivité; mais
quoiqu'il en soit, il ne m'est pas

permis de vous refuser ma reconnaissance, et je ne souffrirais pas
qu'il vous arrivât le moindre mal, si
cela était à craindre de la part de
vos compatriotes, dont la galantérie
est célèbre. — Je ne sais pas si la situation de cette jeune fille, lui dit
Bellouard, me permettrait de songer
aux lois de la galanterie. L'ordre in-
troduit dans ce château rend suspect
tout déguisement, et le service du
roi m'ordonne de punir sévèrement
toute infraction au régime que je
suis chargé de faire observer. Approchez donc, belle vagabonde,
venez que nous fassions plus am-
plement connaissance, petite Bohémienne!—N'approchez pas de cette
jeune fille avant de m'avoir promis
qu'elle n'aura à souffrir aucune insulte! s'écria le prince. Je ne m'op-
pose pas à ce qu'elle s'éloigne, et je

l'aurais éloignée moi-même, si j'avais
connu plutôt le secret de son sexe;
mais....—Vous le voulez, monsieur,
je dois le croire; mais je doute fort
que vous ayez aussi peu de peine à
convaincre tout le monde de votre
ignorance.—J'ai grand tort, en effet,
dit le prince, d'un ton de mépris, de
chercher à vous persuader! Mais
écoutez-moi, messire Bellouard, vous
me connaissez, et vous savez que le
prince de Pologne ne souffrira pas
qu'on insulte sa personne; gardez-
vous donc, tant que le roi Très-Chrétien me laissera cette arme, d'insulter
cette jeune fille, car dès que je l'ap-
prendrai, votre sang rougira mon
épée royale, dût celui de tant de rois
qui coule dans mes veines, être ré-
pandu pour venger le vôtre! Vous
ne repasserez pas le seuil de cette
porte, ajouta-t-il en s'y plaçant, la

main sur son sabre, avant que vous
ne m'ayez promis de respecter cette
jeune fille!

Bellouard arda quelques momens le silence, les yeux fixés sur
ses soldats qui ne semblaient pas dis-
posés à porter la main sur la personne
du prince debout devant eux, dans
l'attitude d'un ange irrité. Enfin il
répondit qu'il s'inquiétait peu d'un
petit visage brûlé par le soleil comme
le mien, et qu'il était tout disposé à
faire ce que lui demandait Son Altesse. Alors le prince se tournant
vers moi, et me voyant accablée de
douleur et pleine de confusion, me
dit : Il faut nous séparer, jeune fille,
cette chambre n'est plus désormais
une habitation convenable pour
vous. Suivez donc messire Bellouard
et recevez mes remercîmens pour le

dévoûment que vous m'avez montré.
Un jour viendra peut-être, où je
pourrai reconnaître ce que vous
avez fait pour moi.

Je m'inclinai sans pouvoir parler
et fondant en larmes, je suivis l'officier vers la porte. Je sentis alors une
main prendre la mienne, — c'était
celle du prince : il s'approcha de
moi, déposa un baiser sur mon front,
et comme je voulais me jeter encore
une fois à ses genoux, il me releva et
me passa au doigt cet anneau de diamans que la pauvre Claire ne quittera
même pas dans le tombeau ! »

Les larmes de la jeune Provençale
avaient souvent interrompu la dernière partie de son récit. Elle garda
quelques momens le silence, et reprenant sa sérénité, elle ajouta : Je

quittai le château, mais je n'allai pas loin. Il paraît que les menaces du prince avaient fait quelque impression sur le terrible Bellouard, car il se contenta de m'ouvrir les portes. Je courus jusqu'au village de Vincennes, où j'achetai des habits de femme; j'effaçai la fausse cicatrice que je portais, ainsi que la couleur d'emprunt de mon visage, et il ne resta pas trace de Guy le page. Je me liai au village avec la femme qui était chargée d'acheter à Paris les provisions pour le général de l'empereur, Jean de Verth, et comme je savais que la table du prince se trouvait servie en même temps que celle du général, je m'offris à elle pour la remplacer quelquefois. Ainsi si vous avez quelque nouvelle à faire parvenir au prince, hâtez-vous, car je vais reprendre le chemin de Vincennes,

et la route est longue pour une jeune
fille.

— Je voudrais, dit Opacki, lui
faire savoir que ses amis veillent
pour lui et que le jour de la liberté
approche.

—Oh ! puissiez-vous dire la vérité !
s'écria la jeune fille en sautant de
joie, car sa patience est près d'ex-
pirer, et je ne doute qu'il ne prenne
tôt ou tard quelque moyen désespéré
pour s'échapper de cette affreuse
prison.

— Ah ! qu'il s'en garde, dit Opacki.
Ce n'est pas une vaine espérance que
je lui donne ; déjà un ambassadeur
de son frère est en route pour se
rendre ici, et la haine du cardinal
lui cache seule que le moment de sa
liberté approche.

—Il n'y a pas de temps à perdre pour l'en instruire; j'ai appris, tandis que j'étais auprès de lui, que le comte Palatin, qui est aussi dans le donjon, était parvenu à lui proposer un plan d'évasion, et peut-être, dans son désespoir, le prince l'aurait-il accepté depuis long-temps, si les prières du petit Guy qui lui rappelaient Sylvain et le cachot de Cisteron, ne l'en eussent détourné.

—Hâtez-vous donc de le prévenir, ces messages lui viennent, il n'en faut pas douter, de Ruel ou de Saint-Germain, de Chavigny ou du père Joseph. Claire, sauvez encore une fois le prince; que nous vous devions la vie et la liberté de notre maître!

Claire réfléchit quelques instans. Je lui ferais bien parvenir un billet

dans le pain que je cuis moi-même,
dit-elle; mais non, il se peut que ce
pain tombe dans les mains du général ou de quelque autre, et si le
prince n'est pas trahi, du moins il
ne saura rien. — Pour moi, je ne puis
me montrer au château, ajouta-t-elle
en réfléchissant de nouveau. Mais
venez avec moi jusqu'à la porte Saint-
Antoine; peut-être trouverons-nous
ensemble le moyen de prévenir le
prince que son sort va changer.

CHAPITRE XXXI.

L'Auteur.

Il était sept heures du soir, et la foule des visiteurs commençait à quitter le palais cardinal, connu aujourd'hui sous le nom de Palais-Royal. Dans une vaste chambre tendue de

velours rouge, où les cierges placés
dans des candélabres d'argent, répan-
daient une douce clarté, se trouvaient encore le chancelier de France
Séguier, le garde-des-sceaux Châteauneuf et messire de Chavigny. Ces
personnages causaient à voix basse,
pour ne pas troubler le prince de l'é-
glise occupé dans une embrasure de
croisée, à parler avec chaleur au père
Joseph qui écoutait le cardinal, les
traits immobiles et les yeux baissés,
ne répondant de temps en temps que
par une parole ou témoignant son
attention par un regard rapide. Auprès d'une immense cheminée de
marbre blanc, dans laquelle brûlaient
plusieurs troncs de chêne, était assise
ou plutôt étendue au fond d'un vaste
fauteuil, la duchesse d'Aiguillon,
nièce du cardinal de Richelieu, qui
écoutait avec une apparente distrac-

tion, son petit pied négligemment
appuyé sur un des gigantesques che-
nets en cuivre du foyer, les propos
galans que le grand écuyer de France
et un homme de bonne mine, de figure joviale et vêtu du costume d'un
abbé, lui débitaient à l'envie l'un de
l'autre. Cette conversation se tenait
aussi sur le diapazon modéré que
l'on était accoutumé de suivre dans
cette maison, et quelquefois seulement une parole un peu haute pro-
noncée par le cardinal, troublait
le silence qui régnait dans la chambre
et que n'interrompait aucun bruit
des salles et des galeries avoisinantes
où affluait une multitude de gardes
et de laquais.

Cependant après quelques moments, la duchesse d'Aiguillon laissa
échapper un éclat de rire que lui ar-

racha une parole de M. de Cinq-
Mars.

— Eh bien! signor Giulo, dit-elle,
qu'avez-vous à répondre à cela!

— Monsieur Legrand, dit l'ecclésiastique en s'inclinant profondément,
a en vous, madame la duchesse, un
trop puissant soutien, pour que je
le combatte; qui pourrait résister à
Vénus alliée à Mars? Que puis-je
donc faire, moi seul, lorsque Vénus
a Cinq-Mars avec elle.

— Un charmant jeu de mots, dit la
duchesse, d'un ton moqueur; monsieur Mazarini, vos fleurettes sont
un peu trop dans le goût de la propagande, pour qu'elles vous fassent
faire votre chemin à Paris.

— Avec votre permission, madame dit l'abbé, qui cherchait à cacher son dépit sous un sourire affecté, le collége de la propagande nous apprend d'autres choses plus utiles; comme par exemple, l'art de supporter la douleur que cause l'aiguillon par la bouche d'une beauté charmante.

— Je vous le dis, l'abbé, dit la duchesse, vous devenez insupportable avec ces façons de bel-esprit que vous avez rapportées de l'autre côté des Alpes.

Le cardinal devenu attentif, termina sa conversation avec le capucin, en lui disant : l'affaire est affligeante, mais on ne peut attendre que tout s'accomplisse selon nos vues.

— Sans doute, répondit le capucin, mais quand on a autant de cordes à

son violon qu'en a Votre Eminence,
on ne doit pas s'inquiéter si l'une
d'elles se brise.

S'inclinant alors devant le cardinal
et la duchesse d'Aiguillon, il salua
d'un mouvement de tête presque
imperceptible les autres personnes
de l'assemblée, et gagna lentement
les portes de la salle.

Après le départ du capucin, le ministre s'approcha du groupe de la
cheminée et demanda en riant à sa
nièce : qui vous irrite si fort contre
le signor Giulo, mon enfant?

— On dirait, mon cher oncle, dit-
elle, que le démon de la poésie et de
la musique s'est glissé dans toutes
les têtes des ecclésiastiques du royaume, où cependant, ajouta-t-elle en

souriant, je n'en connais qu'un à qui
Apollon accorde ses faveurs. Si j'ai
bien entendu, le père Joseph vous
parlait de violon , et je doute vraiment qu'il en ait jamais entendu hors
du chœur de son cloître ; voilà main.
tenant l'abbé Mazarini qui se complaît
à faire des comparaisons entre la poésie italienne et la poésie française, et
qui défigure la nôtre avec son accent,
pour donner gain de cause à la
sienne. Mais ce que je lui pardonne
moins encore, c'est de vouloir nous
convaincre avec de mauvais jeux de
mots.

—Il faut être plus familiarisé avec
une langue, que ne l'est l'abbé avec
la nôtre, pour en juger, dit le cardinal d'un ton qui montrait que la
conversation avait pour objet un de
ses sujets favoris. Il n'y a qu'une voix

pour affirmer que les poëtes dramatiques, qui se sont élevés depuis quelque temps parmi nous, surpassent
tous ceux de l'Italie.

— Que Votre Eminence me pardonne, dit avec embarras l'abbé, à qui
la cause de la tendresse du cardinal
pour les poëtes dramatiques, n'avait
pas échappé; que Votre Eminence
me pardonne. Je possède la plus
grande estime pour les poëtes de cette
illustrissime nation, et particulière-
ment pour le rare talent de monsieur
Chapelain, et aussi je ne parlais pas
de la haute poésie, mais bien des
stances, des sonnets, des odes et des
menues bagatelles des muses.

— Je connais un poëte, dit le cardinal en élevant la voix et regardant
sévèrement le pauvre abbé confondu,

je connais un poète qui excelle
dans toutes les parties de la poésie,
qui ne le cède à aucun de ceux qui
s'exercent au-delà du pont de Beau-
voisin, et que l'on pourrait comparer à la fois pour sa douceur à votre
Pétrarque, et pour sa force à votre
Dante.

Heureusement pour l'abbé qui
sentait combien il s'était compromis,
et qui maudissait en son cœur la défense de la poésie italienne, la porte
s'ouvrit et un laquais annonça monsieur Rotrou. En même temps, le
maigre et long auteur de Wenceslaw,
se glissa par l'un des battans à demi-
ouvert.

— Arrivez, mon Euripide! cria le
cardinal au poète qui s'approchait à
force de révérences. Arrivez, nous

nous occupons justement de l'art dont vous êtes l'un des premiers soutiens!

Les hommes d'état qui se trouvaient chez le cardinal, voyant que les neuf sœurs du Parnasse avaient pour ce jour remplacé la déesse Laverna, firent leur retraite, leur présence devenant inutile; et Mazarini, qui craignait d'avoir à soutenir quelque nouvel assaut, profita de ce moment pour s'éclipser sans bruit.

— Vous avez été à la comédie, M. Rotrou. Vous avez vu le Cid? Eh! bien, qu'en dites-vous?

— Que dire d'une pièce où toutes les règles de l'art sont oubliées? dit celui-ci d'un air important, en haussant les épaules; comment passer au poète les folles idées auxquelles il

s'est livré, en passant toutes les bor-
nes que le goût et l'expérience ont
établies depuis le temps d'Aristote?
Dans quelle disposition d'esprit peut-
on sortir de la représentation d'une
tragédie où le rhythme change sans
cesse, et où des vers libres, des vers
que j'oserai nommer hérétiques et
rebelles, viennent vous réveiller du
sommeil magique où vous plonge le
majestueux alexandrin, qui vous
berce doucement de ses mesures régulières? Votre Eminence me voit
entièrement harassé. Je me suis involontairement efforcé, pendant la
représentation, d'ajouter à ces malheureux vers écourtés dont Corneille
me tourmentait de temps en temps,
les deux pieds qui leur manquent,
et d'y ajouter la rime nécessaire;
mais comme ma faconde ne coulait
pas toujours aussi vîtement que les

paroles du comédien, j'ai subi, durant quelques heures, une sorte de torture poétique dont je viens me délasser dans la société si attrayante de Votre Eminence.

—Pierre Corneille, dit le cardinal du ton déterminé d'un arbitre à qui obéissaient vingt-cinq millions d'hommes, Pierre Corneille, on peut le dire, n'est pas tout à fait sans talent. Mais comme il s'obstine absolument à rejeter la critique éclairée, à l'aide de laquelle un homme entendu de ma connaissance que je ne veux pas nommer, a voulu le rendre attentif sur ses erreurs, je pense, à parler franchement, qu'il n'arrivera jamais à créer rien de bon.

—C'est sans nul doute une apparition éphémère, dit Rotrou d'un air solennel, et c'est une chose criante, j'oserai même dire un crime de lèze-poésie, que de ne pas se soumettre aveuglement à la critique dont parle Son Eminence !

—Il ne ferait pas mal de se former sur Chapelain, dit le prince de l'église d'un ton satisfait.

Rotrou élevant alors ses bras au-dessus de sa tête, et tournant les yeux vers le plafond, s'écria d'un air de ravissement affecté : O ! Chapelain, ou plutôt Apollon, car c'est le dieu de la poésie lui-même qui a daigné prendre ce nom, pour descendre des hauteurs du Parnasse, et répandre la lumière du goût sur ce monde obscurci par les ténèbres de l'ignorance !

—C'est un esprit peu commun,

dit le cardinal, et également habile dans tous les genres de poésie.

— Il n'y a pas long-temps que j'ai vu chez lui quelques poésies légères, dit Rotrou d'un air fin, et la perfection de ces productions m'a d'autant plus étonnée que mon digne ami s'occupe rarement de ce genre. Vous allez en juger.

Rotrou tira alors un papier de sa poche, et se mit à réciter quelques stances que le cardinal avait composées et remises à Chapelain. Le cardinal l'écoutait avec un plaisir marqué, et demanda au poète d'un air d'inquiétude, si Chapelain avait déjà fait connaître au public ces légères productions.

— Non pas que je sache, monseigneur, dit Rotrou; mais il en paraît tellement ravi lui-même qu'il a fait mettre ces stances en musique, comme vous le voyez, et je ne doute pas qu'elles n'obtiennent un succès de faveur à la cour comme à la ville.

— Je serais curieux d'entendre cette musique, dit le cardinal. Il est si rare que le compositeur rende convenablement l'idée du poète.

On entendit en ce moment le son d'une mandoline dans la cour du palais, et une voix douce chanta les mêmes vers que Rotrou venait de lire. La duchesse d'Aiguillon qui causait à voix basse avec Cinq-Mars, se tournant alors vers le cardinal, lui dit avec empressement : Mais écoutez donc, mon oncle. Permettez qu'on fasse appeler ces musiciens; ils chantent les stances de M. Chapelain, et nous aideront à passer le temps, à M. de Cinq-Mars et à moi, jusqu'à l'heure du cercle de la reine.

Le cardinal, qui se prêtait presque toujours aux fantaisies de sa nièce, fit un signe d'assentiment, et les musiciens ne tardèrent pas à être introduits dans le salon.

Ils consistaient en trois personnes de différens âges et de différentes tournures. Le premier, qui était d'un âge avancé et dont la barbe frisée tombait sur un pourpoint de velours noir, portant une mandoline suspendue à un large ruban brodé d'or. Le second de ces personnages était un jeune homme, en juste-au-corps de drap brun, il tenait une flûte ; et le troisième, jeune garçon

d'un âge tendre, portait dans sa petite main un rouleau de musique.

—Votre Eminence, dit Rotrou,
trouvera peu de plaisir aux accords
discordans de ces ménétriers, et je
suis persuadé qu'ils ne sont pas en
état d'exécuter le morceau que vous
voulez entendre.

—Comment pouvez-vous les juger
aussi promptement ? dit le grand
écuyer en souriant. Epargnez vos
dédains à ces bonnes gens jusqu'à ce
que vous les ayez entendus; peut-être
alors serez-vous forcé de leur rendre
justice.

—M. de Cinq-Mars a raison, dit
la duchesse d'Aiguillon. Vous autres,
messieurs les beaux esprits, vous
avez la manie de gâter nos plaisirs
par des jugemens précipités.

Le poète voulut répondre, mais voyant que le cardinal prenait plaisir à la vivacité de sa nièce, il garda le silence en se mordant les lèvres, et prit place sans faire attention aux musiciens. Le cardinal sembla aussi oublier leur présence, et son front soucieux laissait douter s'il était occupé à allumer les feux de la guerre au-delà du Rhin et des Pyrénées, ou s'il s'efforçait de trouver quelques rimes qui devaient ravir l'univers, sous le nom de Chapelain ou de quelque autre.

Le petit morceau que chanta le plus jeune des musiciens, accompagné par la mandoline et la flûte, produisit d'abord peu d'effet, parce que la musique était composée sur le ton traînant et maigre qui distingua la musique française jusqu'au temps

de Lulli. Rotrou triomphait déjà, et
il se disposait à confirmer son juge-
ment, lorsqu'à son grand bonheur,
en jetant un regard sur le cardinal, il
s'aperçut que celui-ci sortait peu à
peu de sa rêverie et donnait plus
d'attention au chant du jeune musi-
cien. Ses traits s'éclaircissaient à
chaque vers; il se rapprocha insensi-
blement de l'artiste, et les autres imi-
tant son exemple, un demi-cercle se
trouva formé autour d'eux. Plus l'enfant chantait, plus le ministre lui
prêtait son attention; on le voyait
marquer la mesure de la tête et du
pied, dire à demi-voix les paroles du
chant comme pour aider à la mé-
moire du chanteur, et enfin, lorsque
le morceau fut terminé, il donna des
marques si vives de satisfaction, que
tout le monde imita avec enthou-
siasme son exemple. Rotrou ne man-

qua pas de frapper ses mains sèches
l'une contre l'autre, et d'exalter dans
les termes les plus chaleureux, le
mérite de la poésie qu'il venait d'entendre. Il avait trop long-temps rôdé
dans l'antichambre des grands, pour
n'avoir pas deviné la cause du ravissement de son protecteur, et il fré-
missait déjà en songeant à l'abyme
où avait failli le plonger un sourire
moqueur qu'il avait à peine eu le
temps de réprimer. Il n'était pas encore complètement revenu de son
étourdissement, lorsque M. de Cinq-
Mars lui demanda s'il était toujours
du même avis?

Mais la duchesse d'Aiguillon, se
tournant en ce moment vers le marquis, lui dit à voix basse : Ces petites
gens s'entendent à choisir leurs morceaux, et je gage qu'ils joueront au

Louvre et partout où ils le voudront.

— Quel dommage ! s'écria le cardinal, en faisant deux ou trois petits bonds, comme l'Eminence avait
coutume de le faire, ainsi qu'on le
sait généralement, quel dommage
que l'abbé Mazarini ne soit plus ici
avec ses canzoni ; madame d'Aiguillon obtiendrait sur lui un triomphe
complet.

— Il est vraiment curieux de voir
combien les étrangers en veulent à
notre langue et à notre poésie, dit
Cinq-Mars d'un air indifférent. Ce
n'est pas seulement le signor Mazarini, j'en ai connu un grand nombre
qui pensaient comme lui. Vous vous
souvenez, madame la duchesse, de
M. le Palatin du Rhin, qui est à Vincennes maintenant. L'année dernière,

à Paris, il mettait Lope de Véga et je ne sais quelles chansons barbares du peuple de la Forêt Noire, au-dessus de nos poëtes tragiques, de nos rondeaux, de nos triolets et vire-lais. Et lorsque je lui citais quelques-uns de nos compatriotes, et un entre autres qui savait donner quelques momens aux Muses, au milieu des travaux les plus graves, il me répondait tout en admirant son talent, que sa patrie fourmillait de poëtes supérieurs aux nôtres. Le comte Palatin est cependant....

— Un Ostrogoth! répondit le cardinal; et il ordonna aux musiciens de continuer.

Ils chantèrent tour-à-tour des solos et des duos qui renfermaient l'éloge du puissant protecteur des arts que le

ciel avait envoyé à la France, et d'autres morceaux parmi lesquels Rotrou
en reconnut plusieurs qu'il avait vus
chez son ami, et sur lesquels cette
fois, il s'extasia sans réserve ; aussi
lorsque le petit concert fut terminé,
le cardinal déclara les musiciens
dignes de charmer une des heures
d'ennui du roi.

— Pardonnez-moi, monseigneur,
dit alors le petit chanteur; mais si
nous l'osions nous engagerions notre
camarade Treffart que voilà, et qui a
appris la déclamation dans le Bra-
bant, à réjouir cette noble dame,
par quelques beaux vers d'une belle
tragédie ou d'une comédie à la
mode.

— Hé! bien, commencez donc jeune homme, dit la duchesse, et réci-

tez-nous quelque chose de Clytandre
ou des Horaces.

— Excusez-moi, noble dame, si
je prends la permission de choisir
moi-même, dit le second artiste
en s'inclinant. Si ce que je vous récite
n'est pas goûté de l'illustre société,
il faudra s'en prendre à moi; car les
beautés n'y manqueront guères.

— Cet homme a raison, dit le
cardinal. Laissez-le choisir, madame
la duchesse. Je vois qu'il n'est pas
dépourvu de goût.

Jean Treffart commence alors avec
le pathos convenable, à réciter une
longue suite de vers de l'interminable
monologue de la tragédie de Mirame;
et le cœur de l'auteur anonyme res-
sentit des jouissances nouvelles. Les

yeux fixés sur l'acteur, il l'interrompait de temps en temps en disant : plus d'expression !..... plus doucement.... bien !.... La chûte plus marquée !.... et en faisant d'autres exclamations semblables. Le cardinal ne se lassait pas d'écouter de nouvelles scènes, tandis que sa nièce, qui prenait toujours plaisir extrême à tout ce qui ressemblait à une intrigue, disait de temps en temps au grand écuyer, qu'elle était loin de soupçonner l'auteur de cette scène, que ces gens ne manqueraient pas de faire leur chemin.

— Ce jeune homme, dit le ministre lorsque le déclamateur eut terminé sa séance, ce jeune homme serait une excellente acquisition pour l'hôtel de Bourgogne. Pensez-y, Rotrou. — Mais, ajouta-t-il en se tournant

vivement vers Cinq-Mars, que me
disiez-vous donc tout à l'heure du
comte Palatin, monsieur le grand-
écuyer ?

— Je pensais en ce moment, répondit celui-ci, que ce seigneur allemand changerait complètement d'o-
pinion à notre égard, s'il pouvait
entendre de la bouche de ces artistes
pleins de chaleur, des chefs-d'œuvre
comme ceux qu'ils viennent de nous
donner.

— Eh ! bien, nous verrons, dit le
cardinal. Il est juste qu'un prisonnier
ait aussi quelque plaisir. Dis-moi,
mon jeune ami, serais-tu disposé à
faire une heure de chemin avec tes
compagnons, pour procurer un instant de distraction à quelques pauvres
reclus, nous vous devons une récom-

pense ; en revenant de Vincennes, venez au palais, on aura soin de vous.

— C'est maintenant l'heure du cercle de la reine, dit la duchesse à son oncle.

Le cardinal jeta un coup-d'œil sur une grande horloge dorée, et se retourna aussitôt vers la compagnie. Son visage était entièrement changé, et la gravité du terrible ministre avait repris la place de l'enjouement.

— Le roi m'attend déjà depuis dix minutes, dit-il d'une voix sévère. M. de Cinq-Mars rendez-vous à votre devoir. Vous savez, duchesse d'Aiguillon, ce qui vous appelle ce soir auprès de Leurs Majestés. Je veux être seul avec le maître !

Et sans jeter un regard sur Rotrou profondément incliné devant lui, le cardinal disparut dans une chambre voisine.

CHAPITRE XXXII.

Les Musiciens.

Le soleil d'hyver jetait quelques
rayons sur la cime des arbres de la
forêt de Vincennes, et commençait
à dissiper les nuages; le cor de chasse
retentissait dans la forêt au milieu

des aboiemens des chiens, et déjà la
réclusion nocturne des prisonniers
avait cessé depuis une heure, lorsque
les trois musiciens parurent devant
le château. Bellouard étonné de cette
apparition inaccoutumée, les reçut
lui-même à la grille, et il se disposait
déjà à leur faire un mauvais parti,
lorsque le plus âgé d'entr'eux lui
remit, à travers la herse, un ordre
du cardinal par lequel il était enjoint
de leur faire bon accueil, et de leur
permettre de récréer les prisonniers
par leurs chants, en présence toutefois des gardiens. Nous ignorons si
le comte Palatin du Rhin prit goût
aux vers qu'on lui récitait par ordre
du ministre-poète, ou si les trois
exécutans parvinrent à changer l'opi-
nion que le grand-écuyer lui attribuait au sujet de la poésie française;
mais nous pensons que le général de

Werth eût préféré le bruit d'un ca-
non, au son de toutes les mandoli-
nes et de toutes les flûtes du monde.
Quoiqu'il en soit, après ces deux
visites, les musiciens furent introduits dans la chambre de Jean-Casimir Wasa.

Le prince qui habitait une chambre
peu éloignée du comte Palatin, avait
entendu le bruit de la musique, et
lorsqu'il apprit qu'on permettait aux
illustres prisonniers du château, de
se procurer cette distraction, il ne
put s'empêcher de s'en réjouir, tant
la monotonie de sa vie actuelle le
rendait sensible aux moindres délas-
semens. Aussi reçut-il les musiciens
de l'air le plus affable. Un regard qu'il
jeta sur le plus jeune d'entr'eux,
éveilla en lui quelques souvenirs; et
en jetant un coup-d'œil sur le second,

il acquit la certitude qu'il se trouvait au milieu de ses amis.

Cependant la chambre se remplissait de gens de guerre de la garnison, les uns amenés par leur devoir, les autres attirés par la curiosité, et Bellouard vint lui-même pour observer ce qui se passait. Les musiciens prirent place et commencèrent leur concert, le plus jeune avec un embarras visible et les joues brûlantes, le second avec une modeste assurance et le troisième dans une attitude respectueuse qui annonçait un homme accoutumé à se trouver en présence des grands.

Bien que l'exécution et le chant ne pussent satisfaire un prince accoutumé dès son enfance à la mélodie des chanteurs italiens qui desser-

vaient la chapelle des rois de Pologne,
déjà depuis le règne de Sigismond Ier,
il ne témoigna pas moins la plus
vive satisfaction, et Bellouard se crut
obligé de se joindre à lui pour ap-
plaudir les protégés du cardinal de
Richelieu. Les officiers se formèrent
en groupe, se partageant le ravissement que leur faisait éprouver le
bon goût du ministre, et vantant
avec orgueil la poésie de leur nation.

Le plus âgé des musiciens reprit
alors sa mandoline, et se mit à chanter une ballade provençale dont le
sens fort obscur, fit réfléchir le prince.

— Une singulière chanson! dit Bellouard lorsque le jeune garçon ou
plutôt lorsque Claire eut achevé sa
ballade. Tous vos airs provençaux
roulent sur des sujets mélancoliques.

N'avez-vous rien de plus gai à nous dire ?

— Vous avez le goût difficile, monsieur le capitaine, dit le second des musiciens. Cette ballade a fort réjoui monseigneur le cardinal et sa société. Au reste, elle est traduite de l'Arabe, et il faudrait l'entendre dans la langue originale pour en goûter toute la grâce. Je l'ai apprise de Muley Ebn Ibrahim, chanteur du Bey de Tunis, et je puis vous la dire si la chose vous agrée.

— Une chanson arabe ! dit un des officiers, cela doit être quelque chose de curieux, et Opacki encouragé par tous les assistans commença à chanter avec beaucoup de gesticulations, dans un idiôme étranger, tandis que Claire l'accompagnait

avec sa mandoline. Nous nous abs-
tiendrons de rapporter cette chanson
dont le contenu serait incontestable-
ment de l'Arabe pour la plupart
des lecteurs, attendu qu'elle consis-
tait en paroles polonaises, par lesquelles le chanteur avertissait le prince, de l'arrivée d'un ambassadeur à
Paris, et lui faisait espérer qu'avant
peu de temps, il verrait s'ouvrir les
portes de son cachot.

Le but de l'entreprise était atteint.
Une prolongation de cette scène était
inutile, et aurait pu attirer les soup-
çons de Bellouard; les musiciens se
retirèrent au bruit des applaudisse-
mens, après avoir pris part à un repas que Bellouard leur fit servir en
qualité de protégés du ministre; et le
soir même ils se retrouvèrent sur
la route de Paris, à l'exception de

Claire qui alla remettre sa jupe et son tablier pour reprendre son emploi au village de Vincennes.

CHAPITRE XXXIII.

—

L'Entrevue diplomatique.

Cinq ou six jours plus tard, les
habitans désœuvrés de la capitale,
couraient dans les rues pour contempler un cortège tel qu'on n'en avait
pas vu de semblable depuis le temps

d'Henri III. Il s'avançait du palais de
la Nonciature , situé derrière le jar-
din des Tuileries dans le lieu où
s'élève aujourd'hui sur la place
Louis XV le garde-meuble, se dirigeait vers les boulevards, suivait la
rue de Richelieu et se perdait dans
une des grandes portes du palais-
cardinal qui s'ouvrait du côté où se
trouve maintenant la comédie française.

Deux hommes en habits ecclésiastiques, ouvraient la marche, l'un portait une bannière sur laquelle se
montraient les armes de Barberini
avec la triple couronne et les clefs
de Saint-Pierre, l'autre soutenait la
double croix archi-épiscopale du légat.
A quelque distance marchait le prélat lui-même, en longue soutane violette, recouverte d'une dalmatique;

et la tête nue, couverte seulement
à son extrémité d'une petite calotte
de soie violette. A sa droite et à sa
gauche, venaient deux seigneurs qui
le soutenaient. L'un de moyennes
années, était vêtu d'un juste-au-corps
d'étoffe verte brodé à la manière
orientale, de fleurs d'argent, et dont
les manches pendaient derrière ses
épaules. A sa ceinture d'étoffe d'argent, étaient suspendus, un riche
sabre recourbé et une grande clef
d'or, d'un travail précieux, ornée
de pierreries, et ses jambes étaient
couvertes de petites bottes rouges
munies d'éperons d'or.

Le peuple prenait plaisir à voir sa
figure grave et pleine de dignité,
ainsi que sa longue barbe assemblée
en boucles régulières qui descen-
daient des deux côtés de sa poitrine;

mais les femmes semblaient se com-
plaire davantage à la vue de celui qui
marchait au côté gauche du nonce.
Il était encore très-jeune. Ses che-
veux courts et ras étaient de la couleur de l'aile de corbeau; son pour-
point couleur de perle et brodé d'or,
faisait ressortir son juste-au-corps
amarante; il portait des bottes de
cuir jaune, et des pierres étincelantes
ornaient à profusion la garde de son
sabre. Gotthard Buttler et Ferdinand
Myskowski, car c'était le nom des
deux personnages que l'on connait
déjà, portaient tous deux à la main
un bonnet de velours bordé d'hermi-
ne, et surmonté de longues aigrettes
blanches. Ils étaient suivis du vicaire
général du légat, auditeur de Rote,
qui remplissait les fonctions de secrétaire de légation, et de Samuel Opacki
dans son costume national de velours

bleu, richement garni de martre zibeline, et ceint d'un baudrier blanc auquel pendait son sabre et une petite clef d'argent. Le seul ornement qu'il portât, était le portrait de Wladislaw IV entouré de diamans, et suspendu à une lourde chaîne d'or, témoignage de reconnaissance du monarque, que Buttler lui avait rapporté de Varsovie. Les autres seigneurs polonais fermaient le cortège avec leurs nombreux serviteurs, et vingt hallebardiers de la garde du nonce. La foule du peuple les suivait avec empressement, et témoignait la joie qu'il ressentait à ce singulier spectacle, en s'écriant : Vive le roi ! vive le prince de Pologne ! vive le légat du Saint-Père !

On arriva à la porte du palais où restèrent les gardes, les valets et les

porteurs de la bannière et de la croix,
conformément à l'étiquette de la cour
de Rome qui défend à aucun prélat
de se servir des insignes de sa dignité
dans la demeure d'un membre du
sacré collége. Mais l'étendart papal
précéda les arrivans qui montèrent
le long des larges degrés de l'escalier
jusqu'au premier salon où le cardinal
en personne vint au-devant de l'envoyé du Saint-Père. Ses traits expri-
maient l'étonnement et l'humeur;
s'avançant toutefois avec politesse
vers le nonce, et se plaçant à sa droite
il l'introduisit à travers les portes largement ouvertes, dans le salon pré-
paré pour les ambassadeurs. Quant
aux Polonais qui le suivaient, il ne
jeta pas sur eux un seul regard.

Au fond de la vaste salle où ils
pénétrèrent, se trouvait là duchesse

d'Aiguillon entourée de plusieurs
dames et des seigneurs qui avaient
l'honneur d'être habituellement ad-
mis chez le cardinal.

Lorsque les portes se furent refer-
mées et que les envoyés eurent pris
place, le cardinal dit d'un air sombre et presqu'irrité : qui me procure
l'honneur de votre visite, M. l'archevêque, et avec une si nombreuse
escorte de personnes qui, je le vois,
ne sont pas attachées à la nonciature ?

— Monsieur, répondit Saluzzi
d'une voix ferme et sonore. Le motif
qui m'a porté à vous importuner aujourd'hui, n'est autre que celui qui
a rendu plusieurs fois ma visite nécessaire ici, et qui la justifiera dans
tous les temps ; savoir : l'ordre de
Sa Sainteté, votre maître et le mien,

ordre qui, s'il n'a pas été expressé-
ment renouvelé cette fois, m'a été
donné assez de fois pour qu'il ne
souffre pas de contradiction.

Le cardinal n'ignorait pas que de
toutes les cours de la chrétienté, la
cour de Rome était celle où on le re-
doutait le moins, et où il avait le moins
de faveur ; et il connaissait assez le
nonce Saluzzi pour savoir qu'il n'é-
tait pas homme à céder en aucun
point, les prérogatives du Saint-Siège
dont Richelieu avait lui-même recon-
nu la suprématie en acceptant le chapeau de cardinal. Il dissimula donc
le dépit que lui faisait éprouver le
discours ferme du prélat, et répondit
avec un sourire forcé : je ne me
souviens pas, M. l'archevêque de
Pergame, par quel ordre de Sa Sainteté vous venez à moi ?

—Cet ordre répond en même temps
à la première demande que vous m'a-
vez faite, monsieur, dit Saluzzi. Ces
messieurs sont des gentilshommes de
haute naissance du royaume de Pologne, et appartiennent à la suite du
prince Jean Casimir dont le séjour se
prolonge en France contre le désir et
l'espoir du Saint-Père. Aujourd'hui
elles font partie du personnel de ma
nonciature, puisque, comme j'ai
déjà eu l'honneur de vous le faire
savoir, la volonté de celui qui m'envoie est que je considère ces seigneurs, comme remis à ma protection, jusqu'à ce que la présence d'un
ambassadeur de leur nation, rende
mon interposition inutile. Je viens
donc, monsieur le cardinal, vous prier
de regarder les personnes ici présen-
tes, comme des gens placés sous la
protection du St.-Siège Apostolique,

et je remplis un ordre que m'a souvent
donné Sa Sainteté, en vous sollicitant
d'écouter la demande qu'ils se dispo-
sent à vous faire, et dont je connais
la justice.

— Très-volontiers, monsieur l'archevêque, répondit le cardinal d'un
ton glacial, en se reculant les bras
croisés, contre une statue gigantesque
de marbre blanc, représentant un
faune qui partageait avec des nym-
phes et des déesses, l'honneur de dé-
corer, d'une façon un peu mondaine,
le salon d'un prince de l'église. —
Très-volontiers, reprit-il, à moins que
cette prière que le cardinal exauce-
rait volontiers par respect pour Sa
Sainteté, ne s'accorde pas avec les
devoirs du ministre d'un roi de France.

Le nonce obéissant à l'esprit de la
diplomatie de cette époque qui vou-

loit qu'on imitât les paroles et les
gestes de celui avec qui l'on traitait,
afin de ne pas compromettre la dignité de son maître, le nonce n'eut
pas plutôt remarqué la posture com-
mode que le premier ministre venait
de prendre, qu'il se hâta d'en adop-
ter une semblable, et d'appuyer sa
tête blanchie contre la cuisse glacée
d'une jeune Hamardyade. La duchesse
d'Aiguillon s'avança lentement avec
les personnes qui l'entouraient, et
Samuel Opacki que son habileté dans
la langue française, avait fait choisir
pour orateur, se dirigea vers le cardinal et se prépara à parler. Les couleurs éclatantes qui couvraient ses
joues, ses regards étincelans, la manière à la fois noble et modeste dont
il s'avança, son costume étranger et
toutefois élégant dont la richesse bi-
zarre contrastait avec les broderies

et les rubans des seigneurs français, attirèrent les regards de toutes les dames. Plus d'une d'entr'elles se pencha vers l'oreille de la duchesse, qui ne détournait pas ses regards du jeune orateur. Le cardinal lui-même parut plus fortement frappé que d'ordinaire de cette apparition nouvelle pour lui; car il se releva plusieurs fois involontairement de son attitude pendant le discours d'Opacki, et il ne tarda pas à se montrer devant lui dans une position qui convenait mieux à un premier ministre et à un prélat, en présence de l'envoyé du souverain pontife.

— Plus d'une année s'est déjà écoulée, dit le jeune Polonais, depuis que Son Altesse Royale Jean-Casimir Wasa, prince de Pologne et de Suède, à la cour duquel j'ai l'honneur

d'appartenir, a été arrêté au moment
où il abordait involontairement près
des côtes de France, sur une galère
de la république de Gênes. Et depuis
ce temps, elle gémit dans une captivité dont il ne m'appartient pas d'examiner la légalité, attendu qu'il en
sera question autre part, et que je ne
viens pas devant vous, monsieur le
cardinal, en qualité d'ambassadeur
accrédité, mais que je porte la parole
au nom de la justice, et obéissant à
la voix par laquelle parle aux hommes, le Dieu dont le représentant sur
la terre, m'a pris sous sa sauve-garde.
Ainsi, je vous invite, monsieur le
cardinal, à ne pas refuser à mon
maître la consolation de voir ses amis
et serviteurs qui ont été si long-temps
éloignés de sa personne dans un
pays inhospitalier pour lui. Le roi des
rois a mis un terme à ses maux, et

compté les jours de sa captivité. La voix de notre république s'est fait entendre, et le roi Très-Chrétien l'a écoutée. Avant que quelques semaines soient écoulées, Jean Casimir sera un hôte sur cette terre, et non pas un prisonnier. Accordez-lui donc ce qu'ordonne la justice, et ce que la raison d'état n'a plus de motif pour lui refuser.

— Vous allez un peu vite dans vos suppositions et dans vos conséquences, répondit Richelieu en souriant à demi. Les premières appartiennent à la cathégorie des choses possibles, mais les secondes sont du genre de celles qu'on nomme en Sorbonne : *in Barbara*. Il est possible que le fils aîné de l'église ait ouvert son cœur à la douceur; il est possible que l'intervention de la couronne de Pologne ait pénétré jusque dans le cabinet du Louvre, et que le prince Jean Casimir obtienne la liberté dès qu'il aura satisfait à certaines conditions; cependant il n'en résulte pas qu'il faille accorder aujourd'hui même à Son Altesse ce qu'on se trouvera peut-être porté plus tard à lui concéder. Vous n'êtes pas accrédité par le roi de Pologne, ni par la république, et je pourrais me dispenser de vous répondre; mais le respect que je dois à Sa Sainteté le pape, sous la protection duquel vous paraissez ici, me porte à vous dire que la raison d'état dont vous croyez les principes entièrement d'accord avec vos désirs, exige que je m'y refuse, jusqu'à ce que l'ambassadeur du roi de Pologne soit venu à Paris.

— Puisque vous avez fait mention

de Sa Sainteté, monsieur le cardinal, dit le nonce en s'approchant, permettez-moi de supposer que, depuis le temps où vous étiez évêque de Luçon, vous n'avez pas oublié les devoirs du prêtre qui l'obligent à s'intéresser aux malades et aux prisonniers, et aussi à obéir au pape en sa qualité de chef de la chrétienté. Si donc, les devoirs de votre état et ceux de votre place ne vous semblaient pas suffisans pour vous porter à écouter la prière qui vous est faite au nom du Saint-Siége Apostolique, je me verrais forcé de m'adresser à Sa Majesté elle-même....

Rien ne pouvait offenser plus le cardinal, qu'une tentative pour se soustraire à son intervention entre les ministres étrangers et son maître. Ses traits se couvrirent en un clin

d'œil d'une teinte blafarde, et se co-
lorèrent ensuite du rouge brûlant de
la colère, dont tout autre que le légat
d'Urbain VIII eût ressenti immédiatement les terribles effets. Le cardi-
dal s'avança d'un pas mal assuré et
dit en balbutiant : Le roi de France
et de Navarre est maître dans son
royaume, et les tentatives qui ont
échoué contre les libertés gallicanes,
échoueront aussi contre la force du
pouvoir temporel !

La duchesse, qui avait vu se former l'orage et qui lisait dans les yeux
étincelans et dans la fière attitude de
l'archevêque de Pergame une réponse
qui eut brisé toutes les digues qui
s'opposaient encore à la fureur du
cardinal, dit quelques mots à voix
basse à son oncle, et lui jeta un regard suppliant qui changea sa colère

en un état d'abattement qui succédait d'ordinaire à ses accès. Il se laissa retomber contre le piédestal de la statue, et sembla étranger à tout ce qui se passait.

Un profond silence régna dans la salle, et chacun attendait avec inquiétude le dénoûment de cette scène. Enfin le cardinal se releva lentement, et après avoir parcouru d'un coup d'œil les rangs des étrangers, il baissa la tête et dit d'un air sombre : Qui est le plus distingué d'entre vous ?

— Le premier en dignité et notre égal en naissance, dit Opacki en désignant Gotthard Buttler, est ce noble seigneur, chancelier de la Wojéwodie de Cracovie, chambellan du roi et grand-maître de la maison de Son Altesse.

—Il lui est permis de voir le prince, continua Richelieu du même ton ; mais en présence de l'officier du roi qui commande à Vincennes, et sous la condition que ni lui, ni Son Altesse ne se serviront d'une autre langue que de la langue française.

—Le grand-maître n'est pas assez versé dans cette langue pour remplir cette condition, dit Opacki.

Le ministre tourna ses regards avec une légère expression d'ironie, vers Gotthard Buttler ; mais l'attitude pleine de noblesse et l'extérieur respectable du grand-maître, dont le front s'était couvert d'un léger nuage, rappelèrent au ministre ce qu'il se devait en pareil cas. Après avoir salué Gotthard par une légère inclination de tête, il se tourna vers le second personnage qui accompagnait le nonce.

— Et celui-ci ? dit-il.

— C'est, répondit encore Opacki, monseigneur Ferdinand de Gonzague, marquis de Mirow.

— Gonzague? répéta le cardinal; c'est le nom de la maison qui gouverne à Mantoue !

— J'ai l'honneur, dit Ferdinand, d'être proche parent du duc de Mantoue et de Nevers.

Le cardinal ne répondit que par un mouvement de tête.

— Quelque plaisir que me causerait la vue de Son Altesse, ajouta le marquis d'un ton léger, je ne vous serai

pas moins fort obligé, monseigneur,
de ne pas m'envoyer à Vincennes,
car s'il y a quelque chose à taire,
comme c'est ici le cas, je le présume,
ce n'est nullement mon fait. M. le
cardinal en sait peut-être déjà quelque chose ?

Le ministre parut frappé d'un souvenir, il sourit d'un air équivoque,
et s'adressant à Opacki : Pour vous,
monsieur, la connaissance de votre
langue ne vous manque pas, et vous
me paraissez même posséder à un
certain point le talent de l'éloquence.
Vous vous rendrez donc, quand il
vous plaira, avec M. le grand-maître
à Vincennes, pour lui servir d'interprète auprès de Son Altesse. — Toutefois, ajouta-t-il d'un ton expressif,
toutefois M. de Gonzague n'a pas
mal deviné en pensant qu'il ne vous

serait pas permis de donner un libre
cours à vos pensées. Qu'aucun mot
relatif à la prochaine arrivée de l'ambassadeur, et aux vues qu'il vous
a plu de supposer à Sa Majesté, ne
s'échappe de vos lèvres. — Entendez-
vous, monsieur? Aucun mot, sinon,
par le jour de Dieu! vous ne sortirez
pas de Vincennes aussi facilement
que vous y serez entré.

Opacki s'inclina profondément, et
Richelieu se tournant vers le légat :
Vous voyez, monsieur, dit-il, que je
témoigne à la parole de Sa Sainteté
tout le respect que je lui dois, sans
m'écarter toutefois des devoirs que
m'impose la situation où je me trouve.
Mais si cela ne vous semble pas suffi-
sant, je ne veux pas vous retenir
plus long-temps et vous empêcher
de continuer votre marche jusqu'au

Louvre, où je vous souhaite une heureuse chance.

Pendant que le cardina parlait ainsi, la duchesse d'Aiguillon s'était approchée du jeune écuyer du prince et lui avait dit à l'oreille : Si je ne me trompe, mon oncle vous a rendu plus de justice qu'il ne pensait, en louant votre habileté à parler notre langue. Dites-moi, y a-t-il vraiment long-temps que vous n'avez vu le prince ?

Opacki crut devoir accorder à la perspicacité de la duchesse le petit triomphe qu'elle demandait. Il lui répondit en souriant : Qui pourrait ne pas reconnaître l'étendue de vos regards, madame la duchesse ? Le cœur humain est sans défense contre vos yeux !

—J'ai donc bien vu, et si vous

l'aviez voulu, vous eussiez pu, au
lieu d'une scène de Mirame, donner
à Rotrou une nouvelle scène pour
son Wenceslaw, qui eut été meilleure
que toute sa tragédie, et plus dans
le goût de votre peuple, dont le pauvre poète n'a pas approché de cent
lieues.

CHAPITRE XXXIV.

L'Audience.

Les seigneurs polonais furent conduits dans une vaste salle du château de Vincennes, où on les fit attendre. Quelque temps après, parut le prince accompagné par Bellouard

qui l'avait instruit des conditions
auxquelles le cardinal avait consenti
à cette entrevue. Alors commença
cette conférence durant laquelle
Buttler fut forcé de dire en polonais à Opacki ce qu'il avait à adresser au prince, et que Samuel rendait en français à Son Altesse. On
aurait peine à ajouter foi à une
semblable singularité si l'histoire n'en
rapportait les circonstances, et ne
fournissait à la fois la mesure du de-
gré d'intelligence de Barthélemy Bellouard et de sa civilité.

Ce qui devait arriver dans un cas
semblable, arriva : le chancelier de
Cracovie dit à voix haute à Opacki ce
qu'il importait au prince de savoir,
et l'interprète rendit au prince des
paroles destinées aux oreilles françaises qui devaient les recueillir ; et

lorsque Bellouard en vint enfin à soupçonner une supercherie, et à exiger que Buttler fit ses communications à l'oreille d'Opacki, Jean Casimir n'avait déjà plus rien à apprendre. Il ne paraît pas que cet excellent surveillant ait jugé à propos d'instruire de sa bévue le cardinal de Richelieu, car le court séjour des Polonais à Vincennes ne fut accompagné d'aucune circonstance désagréable.

Le 1er février 1640, l'ambassadeur du roi de Wladyslaw, Christophe Gonsiewski arriva à Saint-Denis, où après avoir fait les préparatifs de son entrée solemnelle, il envoya à Paris, le secrétaire de l'ambassade, Rakowski, pour saluer le cardinal et les ministres étrangers.

Ce fut le jour de la purification de la vierge qu'il fit son entrée dans la

capitale, aux portes de laquelle il fut
reçu au nom du roi de France, par
le maréchal de la Meilleraye. Il n'entre pas dans le cadre de cette histoire
de rapporter le détail des cérémonies
de cette solemnité qui se trouvent
dans tous les mémoires du temps ; il
suffira de dire que l'affluence du
peuple fut si grande que le cortège
venu à midi aux portes de la ville,
n'arriva qu'à dix heures du soir devant l'hôtel réservé à l'ambassade.

Le lendemain, Charles de Valois,
comte d'Angoulême, se rendit avec
une suite de quinze voitures du roi,
auprès du Wojéwode de Smolensk
pour le conduire à Saint-Germain, à
l'audience de Louis XIII.

Le roi était souffrant de la goutte,
et l'ambassadeur polonais fut amené

auprès du lit sur lequel il était étendu
entouré de ses conseillers et des seigneurs de sa cour.

Lorsque Gonsiewski eut pris place
sur le siège que lui accordait pour ce
jour l'étiquette de la cour, il s'adressa
au roi : il n'est pas nécessaire, sire,
dit-il, que je vous rappelle que les
liens du sang et de l'amitié ont de tout
temps uni les aïeux de mon maître
et ceux de Votre Majesté. Aussi le
roi, mon maître, s'est-il empressé de
vous faire part de la joie que lui a
fait éprouver la naissance d'un dauphin, et de vous faire connaître les
vœux qu'il forme pour que ce royal
enfant se montre digne de la gloire
et de la grandeur de sa maison. Mais
Sa Majesté le roi de Suède et de Pologne, czar élu de Moscou, demande
pourquoi la voix du reproche et de la

plainte, doit s'élever au milieu des
exclamations de la joie; et pourquoi
Son Altesse le prince de Pologne et
de Suède gémit encore dans la captivité, sous le poids d'un soupçon
injuste? Le roi mon maître, se complaît à croire que les longs retards
que souffre la délivrance du prince,
sont moins l'effet de la mauvaise volonté de Votre Majesté, que de l'éloi-
gnement respectif des deux cours, qui
cause des malentendus; et il espère
que vous vous empresserez de donner à sa personne royale un témoignage de votre amitié pour elle, en
lui rendant, ainsi qu'à ses fidèles sujets, son bien-aimé frère le prince
Jean Casimir.

Le roi répondit à ce discours par
quelques mots polis, et tendit la main
à Gonsiewski qui la baisa. Un grand

banquet attendait l'ambassadeur qui
y prit place et se rendit ensuite à
l'appartement de la reine. Parmi les
dames de la cour, Opacki aperçut
la duchesse d'Aiguillon qui le salua
amicalement; et qui le présenta en
riant à plusieurs personnes qui se
trouvaient auprès d'elle. Pendant
qu'elle lui parlait, une jeune personne
d'une beauté rare s'approcha de la
duchesse; le jeune Polonais ne pouvait se lasser d'admirer ses traits tou-
chans et la grâce infinie de sa personne.

— Madame, dit la duchesse d'Aiguillon en s'adressant à elle, j'ai
l'honneur de vous présenter un jeune
seigneur dont monsieur le Grand
vous aura parlé sans doute. C'est un
de ceux qui doivent regretter de ne
pas vivre sous vos lois.

— Qui est-il donc, madame, et que voulez-vous dire? demanda la jeune dame, dont la pâleur fit place à une rougeur extrême.

— Qui serait-il donc, sinon un noble Polonais! répondit la duchesse. Mais je crains en vérité, que monsieur de Cinq-Mars ne vous ait prévenue contre les seigneurs de sa nation.

Marie de Mantoue surprise et piquée de cette apostrophe, s'éloigna sans répondre.

—Je la plains! dit la duchesse en laissant échapper un sourire moqueur. Elle a vu de près deux couronnes, mais seulement en peinture. Gaston et Wladislaw ont échappé à la pauvre princesse, et il ne lui reste qu'un marquis. Encore lui manquera-t-il peut-être?

— Opacki songeait avec quel soin
monsieur de Cinq-Mars l'avait détourné de se rendre auprès de la princesse
de Mantoue, lorsque quelqu'un lui
frappa légèrement le bras. C'était
Basio le secrétaire privé, qui lui dit
à l'oreille: l'avez-vous vu, monseigneur? c'était elle? comment vous
plait cette jeune princesse? n'est-il
pas dommage qu'elle ne soit pas devenue reine de Pologne? mais puisque nous avons le bonheur de posséder Cécile d'Autriche, le frère cadet
ne pourrait-il se faire ouvrir la porte
qui a été fermée à son frère aîné?

— Laissez-le d'abord se faire ouvrir
la porte du château de Vincennes;
alors il sera temps de penser à autre
chose, lui répondit Opacki, en rejoi-
gnant l'ambassadeur qui venait de
prendre congé d'Anne d'Autriche. Il

ne tarda pas à se trouver dans le
même salon, auprès du grand écuyer
qui n'avait cessé, comme on l'a vu,
de servir les vues du jeune écuyer
et de l'aider à tromper le cardinal
que monsieur de Cinq-Mars haïssait
mortellement en secret. Le marquis
convint avec la légèreté d'un homme
de cour qu'il avait fait tous ses efforts
pour l'éloigner de Mademoiselle de
Nevers, dans la crainte qu'en s'inté-
ressant au sort du prince de Pologne,
elle ne conçut de nouvelles espérances
que la santé chancelante de Cécile
d'Autriche, pourrait en quelque sorte
justifier. Puis serrant la main de son
jeune ami, il le félicita avec plus de
sincérité qu'autre fois, d'avoir enfin
obtenu la délivrance de son maître.

— L'ami du roi, lui dit-il, n'aura
pas toujours que de vaines paroles à

offrir à celle qu'il aime. Avant peu, vous entendrez peut-être parler de moi jusqu'au fond de la Pologne, monsieur le comte; et si la princesse n'a pu être la première dans votre pays, peut-être sera-t-elle un jour la seconde dans le nôtre!

C'est ainsi que tout semblait aller au gré de Jean Casimir et de ses amis, lorsqu'après un entretien secret avec le roi, le cardinal se rendit à Ruel, où un nouvel orage se montra à l'horizon.

CHAPITRE XXXV.

La Délivrance.

Le Wojéwode de Smolensk était en conversation avec Châteauneuf le garde des sceaux, le secrétaire d'état des Noyers et le secrétaire particulier

du cardinal , dans une chambre atte-
nante à la galerie du château de Fon-
tainebleau. Le secrétaire tenait à la
main un rouleau de parchemin qui
semblait faire l'objet de leur discus-
sion. Christophe Gonsiewski marquait
de temps en temps avec un crayon
quelques passages de cet écrit, et
chaque fois il s'élevait en cette oc-
casion un vif démêlé qui avait lieu
toutefois à voix basse. Dans la galerie
se tenaient les seigneurs Polonais en-
vironnés des personnes de la cour,
et répondant à une multitude de ques-
tions que leur faisait la curiosité sur
les mœurs et les coutumes de leur
pays. Plusieurs ambassadeurs étrangers qui suivaient avec attention la
marche de l'affaire du roi de Pologne,
s'étaient mêlés à ce groupe.

La conversation du cabinet sem-

blait terminée. L'ambassadeur de
Pologne s'approcha d'une table couverte d'un tapis de velours vert, prit
une plume et traça quelques mots sur
le parchemin qu'on lui tendit; puis
il se leva, s'approcha de la porte et
dit d'un air satisfait : Maintenant,
messieurs, tout est bien terminé,
nous sommes tous satisfaits les uns des
autres; et comme les voitures sont
préparées, il est temps, je pense
d'emmener notre cher prince de Vincennes où il attend sûrement avec
impatience ce moment qu'il désire
depuis si long-temps.

Messire des Noyers répondit : Sans
doute, M. de Chavigny va se rendre
ici. Il est secrétaire d'état au dépar-
tement des affaires étrangères et gouverneur de Vincennes; son emploi
l'oblige doublement de se charger de

l'agréable mission de délivrer Son
Altesse.

En parlant ainsi, la voix de messire des Noyers avait une expression
incertaine et ses regards évitaient
ceux du Wojéwode qui s'approcha
de ses compatriotes avec sérénité.
Mais le nonce du pape prit le comte
Konopacki par le bras, le conduisit
à quelques pas et lui dit en langue
italienne: L'ambassadeur se croit aux
nues ainsi que vous tous ; je suis af-
fligé d'avoir à vous dire, comme je
connais ce des Noyers et ses mines,
que son visage ne m'annonce rien de
bon, et qu'il y a encore quelque an-
guille sous roche.

— Vous êtes trop ombrageux,
monsignore, répondit l'abbé en souriant. Quel obstacle pourrait-il se pré-

senter ? Tout est applani et les voitures sont déjà attelées pour chercher Son Altesse.

— Mon bon seigneur, il est très-facile de les dételler. Vous avez entendu dire qu'on attend M. de Chavigny ; mais je sais qu'il est parti il y a plus d'une heure pour se rendre auprès du cardinal à Ruel, et vous savez que rien de bon ne vient de là. Je voudrais m'être trompé ; mais faites attention, dans un moment vous serez convaincu du contraire.

En ce moment, celui dont on parlait entra dans la galerie. Un sourire équivoque qui s'était niché au coin de sa bouche, remplit d'inquiétude l'abbé de Wonchocy qui commença de craindre que son ami n'eut raison. Le secrétaire d'état salua l'assemblée, s'approcha de l'ambassadeur polo-

nais, et le pria avec politesse de le
suivre dans la chambre voisine.

Quelques instans après, les assistans qui écoutaient avec attention,
entendirent la voix de messire de
Chavigny; puis celle du Wojéwode
se fit entendre, il parlait hautement
et s'emportait en vifs reproches aux-
quels le sécrétaire répondit également à voix haute. Cette altercation
dura quelques momens, et Gonziewski ne tarda pas à paraître à la
porte de la galerie. Il appela tous les
Polonais et leur ordonna de s'assem-
bler. Le nonce jeta un regard signi-
ficatif sur le comte Konopacki et s'approcha accompagné des autres envoyés diplomatiques. Messire de Chavigny revint un moment après, et dit
en se frottant les mains avec embarras:
Monsieur, comment pouvez-vous être

étonné que les négociations relatives à la délivrance de Son Altesse soient rompues, lorsque la nouvelle que le cardinal infant envoie dix mille Reitres à son aide, vient d'arriver ?

Un long murmure s'éleva dans l'assemblée ; les envoyés des cours étrangères à qui le peu de fondement de cette nouvelle était déjà connu, témoignèrent ouvertement leur mécontentement; mais ce furent le nonce apostolique, l'envoyé de la république de Gênes et le comte de la Gardie, ambassadeur de Suède qui s'exprimèrent avec le plus de vivacité. Le Wojéwode s'écria à voix haute : qu'on dételle si l'on veut les chevaux qui doivent emmener le prince, de Vincennes, mais qu'on les attelle aussitôt à mes équipages, car je suis résolu à quitter à l'heure même ce pays de

fraude ! Avant que cela n'arrive toutefois, ajouta-t-il en frappant sur la
poignée de son sabre, j'ouvrirai la
seconde dépêche dont je suis porteur,
et je prends à témoin que ce qu'elle
peut renfermer d'hostile n'aura éclaté,
ni par ma faute ni par celle de ma
république !

— Quelque peine que me fassent
éprouver les obstacles qui s'opposent
aux vues bienveillantes de Sa Majesté
Très-Chrétienne, dit M. de Chavigny,
il n'est pas en mon pouvoir d'en détourner les suites, le roi vous fait
prier, messieurs, de choisir un autre
jour pour lui rendre vos devoirs, car
cette nouvelle a fait une profonde
impression sur sa personne, et il
désire rester seul.

— Nous nous éloignons volontiers
d'un palais où l'on méconnait les

droits sacrés des ambassadeurs! s'é-
cria Saluzzi.

À ces mots, le corps diplomatique
quitta le château de Saint-Germain,
et se rendit, en grande partie, au
palais de l'ambassadeur de Pologne,
à Paris, pour y tenir conseil. Mais le
comte de la Gardie qui avait le plus
grand intérêt à empêcher une rupture
entre les deux puissances, et que l'étiquette avait toutefois obligé d'assister
au conseil dans le palais du Wojéwode,
donna ordre en remontant en voiture
avant la fin de la délibération, de
toucher à Ruel. L'assemblée était sur
le point de se séparer, déjà les voiture de voyage étaient préparées dans
la cour de l'ambassade, et chargées de
bagages, lorsque le comte d'Angoulême et le grand-écuyer firent annoncer au Wojéwode qu'ils lui deman-

daient un entretien particulier. Les
trois seigneurs restèrent long-temps
ensemble, tandis que le reste de
l'assemblée attendait avec curiosité
le résultat de leur conférence. Christophe Gonziewski reconduisit bientôt les deux personnages qui l'avaient
visité, et l'on remarqua qu'il ne donnait pas l'ordre d'amener les chevaux.
Il remit dans un riche coffret la note
diplomatique de congé qu'il avait
préparée, et reprit l'entretien interrompu, sans parler de son départ.
Quelques instans après, on vit arriver Samuel Opacki accompagné d'un
jeune allemand attaché à l'ambassade
de Suède. On se mit encore à confé-
rer, et quelques heures après le secrétaire d'ambassade partit à bride
abattue sur la route d'Arras.

A son retour qui eut lieu quelques jours après, la fausseté de la nouvelle de Chavigny fut généralement reconnue, et le soir même, l'ambassadeur de Pologne se rendit à Vincennes suivi de dix voitures et d'une nombreuse escorte de gentils-hommes de sanation. Là, on présenta au prince un acte par lequel il s'engageait à ne pas prendre les armes contre la France dans la présente guerre, et il quitta sa prison après une captivité de vingt-un mois. Pour échapper à la vue du concours de peuple qui s'était assemblé, il partit à la lueur des torches dans un carosse fermé, et arriva dans la nuit au palais de Pologne où il passa les premières heures au sein d'amis éprouvés et de serviteurs fidèles.

CHAPITRE XXXVI.

Le Dauphin.

Le troisième jour après la délivrance de Jean Casimir, Maximilien
de Béthune, duc de Sully, parut devant
lui, pour l'engager au nom du roi et

de la reine à se rendre au château de Saint-Germain.

Louis XIII était seul lorsque le prince entra dans sa chambre, et sa suite resta dans la petite galerie qui précédait l'appartement royal. Mais les battans des portes restèrent ouverts, et les seigneurs polonais virent le roi de France s'avancer d'un pas rapide et d'un air d'embarras vers Jean Casimir. Le prince lui parla long-temps, mais il n'éleva pas la voix, et le calme qui régnait dans ses traits annonça que nul reproche n'avait troublé le moment de la réconciliation. Pour le roi, il écoutait Jean Casimir avec une inquiétude visible, et quand ses regards s'arrêtaient sur le visage pâle du prince, que les soucis et sa longue captivité avaient sillonné de rides, ses yeux se bais-

saient aussitôt, et il semblait se re-
procher la conduite de son ministre.
Les deux princes prirent ensemble un
léger repas, et Jean Casimir se rendit
ensuite chez la reine.

Ce second entretien n'eut d'autres
auditeurs que madame de Beauvais,
berceuse du dauphin, qui était age-
nouillée sur un coussin auprès d'un
fauteuil dans lequel le royal enfant
jouait avec des figures de cire. Anne
d'Autriche écouta avec attendrissement le récit des infortunes du prince,
que celui-ci lui peignit en peu de
mots, et elle insista pour que la
maison de Wasa effaçât un jour tout
ce qui s'était passé, par une alliance
avec la maison de France. — Lorsque
le prince se leva pour prendre congé
de la reine, elle lui dit d'un ton mé-
lancolique : Vous ne devez pas me

quitter, mon cousin, sans que je
vous aie présenté un enfant qui vous
a voulu du bien dès les premiers momens de sa vie, et même en quelque
sorte avant qu'il fût né.

En parlant ainsi, elle conduisit le
prince auprès du dauphin; Jean Casimir s'inclina vers le bel enfant,
dont les grands yeux regardaient
avec étonnement cet étranger dans
un costume éclatant, et qui éleva ses
deux petites mains pour saisir l'ordre en diamans de la toison d'or,
qui pendait au cou du prince de Pologne.

—Vous savez, dit la reine, que le
dauphin a eu quelque influence sur
votre sort, et son intervention a
été plus heureuse qu'on ne saurait
le penser. Lui refuserez-vous une

prière ? — Eh ! bien, Louis, dit-elle
en se tournant vers le dauphin, as-tu
oublié ce que tu voulais demander
à Son Altesse ?

L'enfant murmura tout en jouant
avec ses figures de cire, — Monsieur
mon cousin... je vous en prie... allez
voir le cardinal.

— Le dauphin, dit Jean Casimir en
pâlissant et se relevant précipitamment, le dauphin semble bien connaître la valeur de son intervention,
et à en juger par le prix qu'il met
au service qu'il m'a rendu, on doit
croire qu'il vendra chèrement la paix
et la liberté !

Anne d'Autriche baissa les yeux en
soupirant, et le prince de Pologne,
après quelques mots de civilité, prit
congé d'elle.

Le dauphin eut de fidèles alliés parmi les seigneurs de la cour de France, qui attendaient Jean Casimir dans la salle voisine. Tous le supplièrent de se soumettre à la nécessité et de surmonter le dégoût que lui inspirait cette démarche, la plus pénible assurément en toutes celles qu'il avait faites en sa vie.

—Comment, on exige que je donne une marque d'estime à celui qui a accumulé durant deux ans les soucis et les humiliations sur ma tête! s'écriait le prince. Dois-je m'abaisser devant un prêtre orgueilleux qui a l'audace de prendre le rang des princes du sang et qui exige la préséance sur eux? Dites-moi, mes amis, dit-il en se tournant vers les Polonais, est-ce votre avis que le frère de Wladislaw IV s'abaisse à ce point?

Le comte Konopacki s'avança vers lui à pas lents et lui parla à voix basse; mais le duc de Sully lui représenta combien le cardinal était puissant en France, et que sa colère pouvait encore nuire à Son Altesse, qui se trouvait sur le sol français.

— Ainsi, dit le prince en jetant un regard irrité autour de lui, je suis encore prisonnier, et je ne puis faire ce que je veux.

Un long silence succéda à cette question. Jean Casimir descendit alors les marches, se jeta avec dépit dans son carrosse, et cria à son écuyer : A Ruel!

CHAPITRE XXXVII.

Le Départ.

Le cardinal voyait avec joie, à
travers les fenêtres de son château
de Ruel, approcher l'illustre victime
qui était encore une fois forcée de
courber la tête devant lui. Il descen-

dit avec une froide dignité et d'un
air grave, les dégrés de marbre jusqu'à la portière du carrosse, et lorsque le prince parut, il le félicita
d'un ton de politesse équivoque. Au
moment où ils se retournèrent pour
entrer dans le château, le prince de
l'église se trouva à la droite de Jean
Casimir, et il conserva cette place
d'honneur jusqu'à ce qu'ils fussent
arrivés dans les appartemens.

L'entretien des deux ennemis fut
court, le prince prit congé d'un mot,
et la flamme que la colère avait allu-
mée dans ses yeux, n'était pas éteinte
lorsqu'il revint au palais de Pologne.
L'abbé de la Rivière l'attendait et le
prévint qu'il était temps de rendre
visite au Luxembourg, à Monsieur,
frère du roi.

—Est-ce donc l'usage en France,

dit le prince, que l'hôte attende la visite des étrangers? Il serait aussi convenable que monsieur d'Orléans vînt me voir, qu'il le serait peu que je me rendisse auprès de lui.

— Votre Altesse, dit l'abbé, voudra bien réfléchir que Monsieur, frère du fils aîné de l'église, est fils et frère d'un roi héréditaire.

— Et qui croyez-vous que je sois! s'écria le prince avec fierté et perdant patience. Ne suis-je pas fils et frère non pas seulement des défenseurs de l'église, mais des défenseurs de l'Europe? Je ne suis pas seulement le fils d'un roi de Pologne, puisqu'on veut mettre l'élection d'un peuple libre au-dessous du droit héréditaire, je suis aussi prince de Suède et héritier présomptif de cette couronne. J'ai accédé à la demande du cardinal lorsque j'étais encore prisonnier, en me rendant à Ruel, mais en faisant cette démarche j'ai acquis ma liberté à un assez haut prix, pour ne souffrir qu'on exige de moi davantage!

On chercha en vain à faire trouver le prince avec Gaston d'Orléans, il s'en tint à ces paroles et refusa constamment de le voir. Le jour de son depart il se rendit à Saint-Germain, avec l'ambassadeur qui avait reçu la veille, de la cour de France, un présent de deux cent mille livres.

Cette fois, Louis XIII le reçut au milieu de l'éclat de la royauté. Il s'entretint quelques moments avec lui sans faire aucune allusion à sa captivité, l'embrassa, et ôtant de son doigt une bague d'une grande valeur, il le

pria de la porter en souvenir de l'amitié qu'il voulait lui vouer désormais.
Une partie de la cour et la suite du
prince l'accompagna dans les appar-
tements de la reine où régna moins
de contrainte. Jean Casimir se sépara d'Anne d'Autriche et du Dauphin,
avec affection. Il ne devait jamais revoir la première, et il devait se retrou-
ver après longues années auprès du
second, lorsqu'il serait à l'apogée de
sa gloire. Opacki tint long-temps le
marquis de Cinq-Mars embrassé contre son cœur. Il entendit un jour, en
effet, parler de lui au fond de la Pologne comme le grand écuyer le lui avait
promis ; mais pour apprendre qu'il
était tombé sous la hache du bourreau,
victime de la vengeance du cardinal
et de l'amour dédaigné de sa nièce !

Une longue suite de voitures attendait le prince devant l'hôtel de Soissons, ancienne demeure de Catherine de Médicis, où Jean Casimir avait résidé pendant son séjour à Paris. Un grand tumulte régnait dans le Palais et une multitude de peuple entourait les équipages, s'efforçant de pénétrer dans les cours et encombrant les escaliers, en dépit des coups de hallebardes des soldats qu'on avait placés pour en défendre l'accès. Samuel Opacki descendit les marches pour s'assurer que le carrosse du prince était prêt, et il avait peine à percer la foule, bien que les hallebardiers s'efforçassent de lui faire place. Tout-à-coup, une voix douce se fit entendre auprès de lui: ne me repoussez pas ainsi, monsieur le soldat, de grâce laissez-moi ici que je le voie. Je suis petite et je n'embarrasserai personne.

Au même moment, il aperçut Claire Hébert placée derrière un hallebardier qui la repoussait avec rudesse, auquel elle s'efforçait vainement d'échapper.

— Claire Hébert! s'écria-t-il avec joie.

— Quoi, c'est vous! dit la jeune fille en avançant la tête. Ah! venez donc à mon secours.

Un sentiment singulier s'empara de lui en voyant la jeune fille qui avait tant fait pour le prince, et sans le dévouement de qui le destin l'eût sans doute conduit par une autre route que celle qui le ramenait en ce jour dans sa patrie, mendier humblement une petite place pour voir en passant, dans tout l'éclat de son rang et rendu au bonheur, celui qui lui devait la vie. A peine son émotion lui permit-elle d'ordonner aux soldats de la laisser pénétrer ; il prit alors sa main en silence et avec respect, et la conduisit quelques marches plus haut où n'avait pas pénétré la foule.

— Ah ! monseigneur, lui dit-elle, les yeux baissés, j'ai fait bien des choses pour l'amour de vous, faites quelque chose pour la pauvre Claire, avant que vous partiez. Accordez-moi une place pour que je puisse le voir.... du moins son cortège et sa suite. Ne me refusez pas, je vous en supplie !

— Où pourrai-je vous donner une place qui fût digne de vous, dans cette maison, Claire ? répondit Opacki. Mais, dites-moi, pourquoi avons-nous cessé de vous voir depuis que vous avez quitté Vincennes. Et comment vous trouvez-vous ?

— Pourquoi vous tourmenterais-je de moi ? tout est passé maintenant, dit Claire avec une sérénité dont un mouvement presque imperceptible de sa bouche trahissait l'affectation. Comment je me trouve ?... hélas, très-bien.... qu'importe la pauvre Claire !.. que Dieu vous conduise. Mais de grâce permettez que je reste ici. Je ne bougerai pas. — Adieu, monseigneur Samuel, adieu, pour la dernière fois en ce monde !

Opacki attendri et douleureusement affecté, prit la main de la jeune fille et la baisa ave un respect qui lui attira les railleries de plus d'un seigneur. Claire confondue se retira derrière les soldats, et se cacha dans un coin.

Tout était prêt pour le départ. Le cortège se mit en marche et Jean Casimir, descendit le grand escalier de l'hôtel de Soissons, environné de ses officiers, et accompagné par le duc de Sully, le maréchal de la Meilleraye et le comte d'Angoulême de la maison de Valois et frère du gouverneur de Provence. Le prince s'entretenait gaîment avec les seigneurs français, lorsqu'à la seconde marche, son écuyer de la manche s'approcha de lui en disant à voix basse : N'oubliez-vous personne, Monseigneur ? Avez-vous donc pris congé de tous vos serviteurs et de tous vos amis ?

— Qui est encore là ? répondit le prince qui craignait un retard fâcheux.

— Que Votre Altesse daigne jeter un regard à sa gauche !

Casimir vit alors la tête blonde de Claire Hébert qui s'inclinait devant lui. Une vive rougeur couvrit ses joues : Claire! s'écria-t-il involontairement. Il quitta le duc, le maréchal et le prince, et s'approcha de la jeune fille qui s'était retirée avec crainte au milieu des gardes.

—Claire! lui dit-il à voix basse et avec tendresse. Claire! oh! que ta vue me rappelle mon ingratitude. Pourrai-je, continua-t-il en prenant la main de la jeune fille à demi-évanouie, pourrai-je dire à la face du monde ce que je te dois? — En quoi puis-je vous servir, jeune fille, ajouta-t-il d'une voix plus haute. Parlez; rien ne me coûtera pour Claire Hébert!

— J'ai votre anneau... je le garderai jusqu'à la mort! balbutia Claire,

et elle tomba sans mouvement sur
le pavé de marbre. Tout le monde
s'empressa d'accourir pour la relever ; mais Jean Casimir les prévint
tous, et sans songer aux regards des
curieux et aux chuchottemens des
seigneurs, il prit Claire dans ses bras,
la remit dans ceux du duc de Sully,
et se tournant vers le comte d'Angoulême, il lui dit d'une voix émue
mais pleine de dignité : Des sérieuses
obligations, monsieur le grand-prieur,
des sérieuses obligations m'attachent
à cette jeune fille qui était autrefois
sous la protection de votre frère. Si
vous voulez m'obliger, prenez-la sous
la vôtre jusqu'à ce que je vous donne
de mes nonvelles ; et traitez-la, monseigneur, traitez-la comme il convient à l'amie du prince de Pologne,
et,—pourquoi le nierai-je,—et à sa
bienfaitrice !

Charles de Valois s'inclina profondément; le prince jeta encore un regard sur Claire qui était toujours évanouie, et monta précipitamment dans la voiture qui l'attendait.

CHAPITRE XXXVIII.

Conclusion.

Ici finit notre récit; les lecteurs me permettront seulement d'ajouter quelques mots. — Jean Casimir revint dans sa patrie, et conformément à la résolution qu'il avait prise en France, et que combattirent vainement ses

amis, il entra comme cardinal-diacre
dans le sacré collége, d'où il sortit
après la mort de son frère pour monter sur son trône et se marier avec
sa veuve, Marie de Gonzague, princesse de Mantoue et de Nevers. Il fut
le prince le plus malheureux de son
temps. La guerre qui se ralluma avec
la Suède, anéantit la prospérité de
son pays qui ne se releva jamais, et
les soucis du présent, qui lui inspi-
rèrent de véritables et sinistres pro-
phéties dans un admirable discours
à la diète de son royaume, dont le
texte s'est conservé jusqu'à nos jours,
le déterminèrent à abdiquer. Il revint
en France où il avait été captif, et y
reçut plusieurs abbayes, entr'autres
celle de Saint-Germain-des-Prés, où
l'on conservait son cœur. Les mémoires du temps nous remontrent
l'abbé Konopacki, sous le titre d'am-

bassadeur de Wladislaw IV, pour la
remise de la princesse Marie, que ce
prince épousa après la mort de sa
femme, Cécile d'Autriche. Basio avait
contribué à ce mariage, autant que
le pouvaient faire ses éloges hyper-
boliques ; mais malheureusement
pour le pauvre Italien, le roi ne fut
pas aussi satisfait de sa prétendue
que le désirait le secrétaire intime,
et Andréa Basio di Roncaglio fut ren-
voyé à Padoue, sa patrie, où il put
étudier librement les *politica* jusqu'à
l'avénement de Jean Casimir qui le
rappela et lui rendit plus de justice
que son prédécesseur.

Claire Hébert vit s'accomplir les
prédictions de la Bohémienne. Le
bon Pierre Valentin oublia sa dispa-
rition de la maison de la comtesse
de Valois, et se trouva heureux de

recevoir sa main. Il mourut peu de
temps après son mariage, et le pré-
sident du parlement de Grenoble
épousa sa séduisante veuve. L'histoire
nous apprend qu'il ne jouit pas long-
temps de son bonheur, car nous re-
trouvons, dans ses pages, l'aimable
Claire Hébert dans la célèbre marquise de l'Hôpital, femme du maréchal de ce nom. Sa mort la rendit
veuve pour la troisième fois.

Samuel Opacki figure dans les an-
nales de Pologne, comme commandant du château royal de Cracovie et
fondateur du château de Falenty,
près de Varsovie. Il suivit son maître
à Paris, après son abdication, et as-
sista comme témoin devant les autels,
à l'union de l'ex-roi de Pologne avec
Claire Hébert, marquise de l'Hôpital.

FIN DE CLAIRE HÉBERT.

TABLE GÉNÉRALE.

TOME PREMIER.

TOME DEUXIÈME.

TOME TROISIÈME.

FIN DE LA TABLE.

ERRATA.

TOME PREMIER.

P. 35, *note*, l. 7, roi, *lisez* reine.
   Ibid.   10, est passé, *lisez* a passé.
  215,   15, la tête, *lisez* la tente.

FIN.

TROISIÈME SÉRIE

DES ROMANS ALLEMANDS

Traduits par M. Loève-Veimars.

———

ROMANS D'ALEXANDRE BRONIKOWSKI.

Claire Hébert, histoire du temps de Louis XIII,
3 vol................... Tom. XXX à XXXII.

— Les tomes IV à VII de cette Série (XXXIII à
XXXVI de la Collection) seront publiés dans le
courant du mois.

Nota. Les deux premières Séries de ces Romans
se trouvent à la librairie de Charles Gosselin.